為《せ》ん方《かた》つくれども
希望《のぞみ》は消えず

田村 美智子
TAMURA Michiko

文芸社

目次

第一章　終戦前

樺太にて

私は昭和十年十一月二十二日（または二十七日）樺太元泊郡元泊町（または村）で生まれた。祖父が日露戦争で働いた軍人だった。戦後、樺太に渡り、そこで商売を始めた。

元泊町は海と山に挟まれた細長い地形の町であった。山の上には軍の施設があり大勢の軍人がいた。昼は山の上から大きな風船が数個飛ばされ、夜は山の上からサーチライトが海に向かって照らされ、海上は昼のように明るくなる。町中、軍人が溢れていた。住民は軍人相手の商売が多く、町の北側は漁村であった。

祖父母は総合食料品の問屋を営んでいた。また、祖母は菓子製造、仕出し屋、法事、結婚、宴会のための会場も運営していた。家には菓子や料理を作る職人さんが五名ほど（男性）住み込みでいた。

いつもたくさんの人がいた。とくに軍人の集会や宴会で賑わっており、祖父のまわりにはいつも軍人がいた。山の上にある軍の施設の食糧を賄う責任もあったようだ。戦争の時

「金鵄勲章《きんし》」を頂いたということが誇りだったようで、町内の人たちがお茶を飲みに集まって来ると桐の箱から取り出して見せていた。
祖父母には子供がなく、祖母の親類から生後八か月ぐらいの父をもらって樺太に来たと言っていた。そして、祖父の兄弟から十歳頃の母を父と結婚させるためにもらってきたと言っていた。私の姉（長女）「文子」は私が物心つく前に死亡し、三女「美代子」、四女「やす子」も死亡した。長男「一郎」と次男「昭二」は残った。

私は、三歳半ばになった頃、高熱が続き、いつもの風邪かと思っていた祖母は病院に急いだ。そこで医者よりポリオによる脊髄性小児麻痺と診断された。すでに下半身は力なく垂れさがっていて、医者からは「残念ながら今は治療法がありません」と言われた。祖母はその場に崩れるように座り、大声で泣いていたという。医者から「マッサージは有効かもしれない」と言われたため、祖父母は多くの知人にお願いし、樺太中にあるマッサージ治療院の所在地を聞き出した。それをもとに治療院巡りが始まった。春の雪解けを待ち、家業を母と使用人に委ね、二か月間ほどの治療の旅に出た。

樺太の奥地にはたくさんの原住民がおられた。それぞれの集団は小さいが、生活習慣、信仰、食生活、衣服が異なっていた。そして病の癒しもそれぞれ違っていた。

私が受けた治療の中には、このようなものもあった。村人が呪文を唱えながら薬草を焼き、その煙を全身に吹き付ける。村人は輪になって私を囲み、呪文を唱えながら煙を吹き付けるのだが、身体に痛みは感じないものの、恐ろしい思いが身体を震わせた。

奥地での治療が終わり、豊原市の大きな治療院に辿り着き、本格的なマッサージが始まった。先生は背の高い大柄な方で、子供心に恐ろしさを感じた。

先生は曲がった私の背骨の矯正マッサージを始めた。骨も折れんばかりの力で押さえ続け、力を抜くことなく、息つく隙さえ与えなかった。私は大声で数十分叫び続けて、声が嗄れてしまった。

このような治療が三年続き、松葉杖を使ってようやく歩けるようになっていた。

激しさを増す戦火

家の前はオホーツク海で裏側は山だ。汽車がひっきりなしに汽笛を鳴らしながら走っていた。父はその機関士であった。商売で使う食材やその他もろもろの物品はこの汽車で運ばれた。この線路上に多量の荷物を積んだ貨物車が時間限定で止められてゆく。大勢の人夫が掛け声勇ましく荷を下ろす。人夫の大半は朝鮮の方々であった。この日はお祭りのように賑やかになり、荷下ろしが終わると宴会が二、三日続く。

私は現場で指揮をとる祖父母といつも一緒であった。つまり、祖母の背に括りつけられていた。大きな酒樽、大きな籠に入ったバナナ、柿、その他の果物、お菓子の材料、さまざまな料理の材料、その他の物はよくわからないが、時間がくると空になった貨物車は持っていかれ、次の日にまた同じ作業が続く。これが四日くらいで終わったものだ。

この頃、私にとって一番いやな日があった。早朝、吐き気がして目を覚ます日である。

生臭い臭いが家中に漂う日だった。このような日はなぜか祖母の背中でなく床の中にいる。またか！　という気で起き出し、怖いもの見たさも手伝い、床の上を這いずりながら臭いの強いほうに行き、戸を少し開けてみる。

いつもの通り、肉工場の床は血の海で皮を剥いだばかりの動物が縦半分に切られ、脚の部分を大きな鉤のようなものにかけてポタポタ血を滴り落としながら、ぶら下げていった。工場いっぱいに白い湯気を立ち込めながら……。その肉の間を数人の警察官が腰にサーベル（刀のようなもの）を下げ、付き人を付けて肉を調べながら、青い大きな判を押して歩いていた。工場の外にはいつもながらたくさんの人たちがいた。動物の皮に頭、脚、内臓を入れ、縄で縛ったかなり大きな包みをリヤカーに積んで持って行く人たちでいっぱいになっていた。

その日の夜は警察官と軍人が混じり合って大宴会になる。祖父は体調を崩してから長い間酒は飲んでいなかったそうだが、今思うと、毎夜のように賑わう大小の宴会を仕切っていたことは大変なことだったのだ。

祖父母はよく映画や歌舞伎、本土から来る芸能人のショーを見に行っていた。私が小学校に入る前後の昭和十八年か、十九年の頃のような気がする、いつも私を連れて行った。

その頃の映画は最初に戦争のニュースが多くなっていた。画面いっぱいに、荒海を進む軍艦の上で手を振る兵士と司令官のような軍人がいる。そして、映画館いっぱいに明るい軍歌が流れ、日本軍の軍艦が爆撃されている画面が出ると、重苦しい音楽が静かに流れていた。

町中、戦争ムードでいっぱいで、昭和十八年から十九年にかけて、家に住み込みで働いていた男の職人六人は次々と召集令状がきて出征していった。また、学校の若い先生方も全員出征していった。


朝、学校へ行くと、校門のそばに石でできている小さな蔵のようなものがあり、天皇陛下の等身大の写真が収められていた。その前を通る人々は必ず最敬礼をしなければ通ることは許されなかった。そのために学校に入ったばかりの一年生は、午前一時間目は最敬礼の訓練で終わる。九〇度に腰を曲げる訓練は厳しいもので、ヒュンヒュンと鞭がとぶ。そして天皇陛下の勅語を一年生から丸暗記する訓練が始まった。「朕思うに、わがこうそこうそ国を始むることこうえいなり」こんな感じだったと思う。

この後の授業は工作である。ひたすら日の丸の旗作りであった。少し長めの割りばしのような棒に、赤いクレヨンで丸く色を塗った四角い紙の端をノリで巻き込む作業である。毎日のように戦地に向かう方々を見送るたびにこの旗を振って大声で万歳を三唱した。私はいつも女性の先生に背負われて大声を出していた。兵士となった方は汽車の窓から見えなくなるまで手を振り続けながら消えていった。


学校内では毎日のように今まで聞いたことのないような命令が多くなった。

「西洋の人形を持っている者は髪と目を墨で黒く塗ること。家にねむっている金属物はどんなに小さくても持ってくること。これはお国のために使うものだから等々」

家の前にある広場ではいつも軍人が来て家に残っている女性を集め、敵と闘う訓練をしていた。藁で作った案山子に向かって、「エーイ！　エーイ！　ヤーヤ！」と言って竹槍を刺す訓練である。落下傘で降りてきた敵を刺し殺すためだと言っていた。

また、婦人たちが横並びに一列になり、水を入れたバケツリレーが繰り返し行われていた。それは、爆撃されて燃え上がっている建物の火を消すためだと言っていた。列の先頭にいる人がバケツいっぱいに水を入れてやっても、最後の人にバケツが渡る時は半分しか水が入っていないと笑っていた。それでも軍人は声を嗄らして指導していた。

私はその時、何となく、祖父母と一緒に映画館で見た戦争のニュースで軍艦が爆撃を受けて燃えながら沈んでいく映像を思い出していた。鉄でできている船が水の上で燃えていたのに……、と。


そのうちに空襲警報のサイレンが日に何度も鳴り渡るようになった。人々はそのたびに隣の空き地にある防空壕に急いだ。母は昭二を抱き、祖父母はあとの子供たちを引き連れて入る。どこの人たちもこの時は悲壮な覚悟を持って黙々と行動していた。

そんな時でも私は胸躍らせてわくわくしていた。防空壕の中には七段の雛人形が入っているからだ。三月三日は町内の方々を呼んで盛大な雛祭りが行われていたが、私たちは絶対に人形に手をつけてはいけないと厳しく言われていた。それが、人形一体ずつ桐の箱に入って目の前にあるではないか！　しかも、自由に手にとって遊んでもいいという。いつの間にかサイレンの音を待つようになった。

やがて空襲警報も日に何度も鳴るようになり、ラジオは頻繁に戦場での一進一退について放送していた。また、戦場で全員玉砕の放送が度重なるようになった。そして、重苦しい鎮魂の音楽が流れていた。

海行かば～みづく屍～

山行かば～草蒸す屍～

意味はよくわからなかったが、元軍人の祖父は重苦しい声で低く呻くように歌っていた。一緒にいた私も歌っていた。

昭和十九年の後半は学校も封鎖された。

初めて見た祖父の涙

そんな日々を過ごしていたある日、突然、天皇陛下の御言葉がラジオで放送されるという知らせが町中に走った。家の庭先にラジオが設置され、大勢の人がラジオの前に正座で座り始めた。何が始まるのか、私はキョロキョロして見ていた。祖父は一番先にラジオの前に正座していた。

やがて天皇陛下の御言葉が流れた。皆さん、泣いていた。両手を地面につけてお辞儀をしていた。祖父は地面に額をつけて泣いていた。祖父の泣くのを初めて見たので、大変なことが始まったのだと思った。

人々は少しずつ立ち去って行ったが、祖父はいつまでも、一人になっても、伏したまましばらくいた。

昭和二十年八月のことである。

第二章　終戦後

ロシアの侵攻前

放送のあった次の日から、身辺は大きく変わっていった。まず、すべての家具が家の中から中庭に運び出された。近所の人たちも手伝って斧や鉞《まさかり》で壊し始めた。とくに大きな仏壇は見事な壊しぶりであった。

この仏壇の前で結婚式や葬式をした人たちはたくさんいた。仏事の宴会もたくさんあった。触ってはいけないと厳しく言われていたキラキラ光るたくさんの装飾品は、全部剥がされ壊されていった。そして火がつけられ、みんな灰となり穴に埋められていった。天井まであった大きな薬棚は壊すのに時間がかかったと言っていた。

私の知るかぎりの祖父は病を持っていて、時々ベッドで寝ていた。朝は近くの病院から看護婦が来て注射をしていた。薬棚は天井まであって、引き出しがたくさんついていた。上の引き出しを開ける時は梯子を上って薬を取っていた。全部、漢方薬であった。

町の人たちは毎日家に集まり何かを話し合っていた。そして私も知ってしまった。「まおか」という港町から本土に逃げる船が出ているので、一日も早く「まおか」まで行くという話だった。先発隊として祖父を先頭に三十名が出発することになり、父は国鉄の機関士だったので残ることになった。ロシア軍が上陸しないうちに出発しなければと急ぐことになった。

早朝、三十名は黙々と汽車に乗り込んだ。祖父は病気がちだったが私を背負った。祖母は昭二を背負った。母は大きな荷物を背負い、両手に一郎とやす子の手を引いた。

二日目だったと思うが、初めて見る「まおか」の町に降りた。町中、多くの兵隊が小走りで忙しそうに歩き回っていた。先決問題は宿泊所を見つけることであった。祖父は道行く人に話しかけていたが、良い答えが返ってこなかった。途方に暮れていたら、一人の兵隊が近寄ってきて「どうしました？」と言ってくれ、祖父は事情を話した。兵隊が言うには「地元の住民はほとんど本土に逃げてしまって、どの家も空き家になっているから、どの家に入ってもいいですよ」ということであった。皆でできるだけ大きな家を探し始めた。

夕方には三十名が住めそうな家が見つかった。ここの住民はよほど急いで出たようで、生活に必要なものはすべてあった。釜の中にはご飯がたくさん入っていた。ここの住民はどんな仕事をしていたのかわからないが、押し入れにはたくさんの布団も入っていた。食料も豊富にあった。その夜は服を着たまま布団に入った。

翌日、祖父は男性たちと密航船の交渉に出かけた。夕方帰ってきたが、話していることがよくわからなかった。次の日、早めに帰ってきて皆さんを集め、説明会が始まった。

「明日の夜、出発することになった。仕度をするように」

その他の注意事項があった。

食後も話し合いが遅くまであり、十二時を過ぎようとして床に入った。皆さん、疲れてぐっすり寝ていた時、兵隊が来てドンドン戸を叩き、皆さん飛び起きた。昨夜出港した密航船がロシア軍の爆撃を受けて沈没し、全員死亡したとのことであった。本土行きは中止。まだ夜明けにならず、外は真っ暗であったが、眠ることはできなかった。誰もが無口になり、下を向いていた。

外が少しずつ明るくなり始めた頃、耳をつんざくような音がした。火の手が家の周りの建物であがった。兵隊が来て、ロシアの軍艦が港に入港し、大砲で町を攻撃していると言っていた。話しているうちに家の裏側にある大きな倉庫で砲弾が破裂した。次から次に何度も丘の上にある建物に命中し、火の手が上がった。私たちがいる家は無事であったが、窓ガラスが全部割れ、家は揺らいだ。

気が付くと、私のまわりにいた人たちが一人もいなくなっていた。祖父母、母、一郎、やす子も……。とにかく一人残った。皆、爆風でどこかへ吹っ飛んでいったかもしれないと思った。それでも誰か一人ぐらいは残っているかもしれないと考え、皆が寝ている部屋に行ってみた。ところが変なものを見た。掛布団の端から何本もの脚だけが出ていた。

そのうちに外から黒いものを顔につけて皆帰ってきた。最後に爆撃された工場からは大きな爆発音が何度も起こり、そのたびに家が揺らいだ。話によると爆薬庫が爆撃されたと言っていた。

祖父は皆を集めて言った。

「ロシア軍は今日中に上陸するはずである。死ぬなら皆一緒がいいだろう。一番広い部屋に全員集まってロシア軍を待つことにしよう」

ロシアの侵攻

そして、その時がきた。ロシア軍兵は足並みをそろえてザクザクと町に入ってきた。しばらくして五人の兵士が家に入ってきた。私たちは一番奥の部屋に皆でいた。バッタン、バッタンと各部屋の戸を閉める音がしだいに近づいてくる。そして、サーッと勢いよく襖が開かれた。背の高い兵士たちが拳銃を向けて入ってきて、私たちを見るなり、「オー！」と大声で叫んだ。誰もいないと思っていたらしい。驚いたような素振りをして、向けていた拳銃を下にさげた。兵士の大きな手が一人一人に握手を求めて差し伸べられた。

その時、不思議なことが起こった。ロシア兵は自分の両手を組み合わせてから、ほどいて、今度はその手を拳銃のような形にして「バババ……！」と言いながらまわした。祖父に何を言っているか聞いたら、「ロシアと日本が手を組んでアメリカをやっつけましょう、と言っていた」と話した。今でもあの時兵士は変な話をしたものだなと思いだす。これがロシア人と初めて出会った日であった。

彼らは話が終わるとドカドカと足音高く出ていった。皆、死ぬはずだったので、しばらくボーッとして座っていた。とにかく「夕食を」と皆で立ち上がって、それぞれが作業に取り掛かった。

ところが、夕食を食べ始めて十分もしないうちに、ロシア兵が数人かたまって入ってきた。手には拳銃を持って……。祖父をはじめ男性は皆連れていかれた。皆、大きな声で泣き出した。帰りを待って、食事も喉を通らず、無言のまま時間が過ぎた。

夜が明けかかった頃、祖父たちは全員、裸足でボロボロになって帰ってきた。皆、歓声を上げてまた泣いていた。

その日は朝から一日中何度もロシア兵の略奪が行われ、少ない荷物は全部開かせられ、兵士の好むものを持ち去った。祖父たちは空き家に連れていかれ、身に着けているもの、懐中時計、ズボンのベルト、万年筆、財布、靴等々を剝ぎとられたと言っていた。

次の日、日本兵士が三人で来て、「地方から来ている人たち全員、元住んでいた所に帰るようにとロシア側から命令が下された。出発日はおって知らせる」と言って帰った。大勢の人が「まおか」に一週間ほど留まることになった。町では女性がロシア兵に暴行され、逃げまどい、死亡する人たちが出始めた。すぐの対策として女性は全員（おばあさん以外）頭を丸坊主に刈り、男性の服装をし、それでも安心できずに屋根裏部屋に隠れることになった。外に見張りを立たせ、ロシア兵が近づいてくると、屋根裏部屋に梯子を掛けて上り、蓋をして梯子を外す。兵士が出ていくと梯子をかけて下ってきて、食事、トイレ、シャワー、食事の仕度、等、見張りから合図があれば急いで梯子をかける。この繰り返しが約一週間続いた。


いよいよ出発の時がきた。荷物をまとめて「まおか」の駅に向かった。

駅に着くと、たくさんの人々が暗い顔して列をなしていた。列車待ちで道端に座っていた人たちから、日本兵の案内で駅のホームを歩き始めた。私は相変わらず祖父の背に括りつけられていた。

ホームに一歩入った時、「オー!!」と言って皆さん立ち止まった。私も祖父の背にいて驚いた。長い列車が止まっているホームは先が見えないほどの長いもので、その上に五十センチほどの厚さで衣類や毛布、写真、その他、小間物等々が敷き詰められていた。ところどころに半分切り開かれた荷物が転がっていた。その上を歩かせられている先発隊は、後方からの「早く歩け！」という怒号に押されて、躓きながら必死に歩いていた。布に埋まる足はなかなか前進できす、子どもたちは布に足を取られ転んでばかり、泣き声がホームいっぱいに響いていた。一郎もやす子も同じだ。後方から「早く歩け！」とせかされる母は、両手で弟や妹の手を引き上げ、引きずるように歩いていたが、最後には両脇に抱えて歩いていた。

「まおか」の密航船を目当てに集まってきた人たちの荷物をホームの上で切り裂き、好きなものを奪う。この行為はすべてロシア兵である。私たちの集団が列車に乗り終わったところから荷物の大きさが規制され、多くの荷物がホームの上に投げ出されると、人々は去っていった。

皆のろのろと行進している列の後方が突然爆撃された。前方にいた私たちの列も爆風で倒れた。悲鳴と泣き声でいっぱいになった。日本兵が、血だらけになって死んだ方や負傷した人たちをタンカに乗せて走り回っていた。負傷していない者は列車に乗るようにということで、私たちのグループは汽車に乗り込んだ。

やがて、衣服に血が付いている人たちが来はじめた。中には衣服に脳味噌が飛んできて、なかなかとれないと嘆いている人もいた。ある人は血だらけの腕が飛んできて、頭に瘤ができ「痛い」という人もいた。祖父は終戦布告があってから爆撃はおかしいのではないかと憤っていた。


二日半以上かかって「元泊」駅に着いた。いつも一緒だった町内の方々の半数くらいは、途中の駅で親戚を頼って下車した。何もなくなった家に帰ったが、何となく落ち着いた。外にあるお倉の中から商売に使っていた鍋や釜を出し、残っていた食材でまた生活が始まった。

夜遅くに日本兵が来て、今夜中にもロシア兵が上陸するであろうと知らせた。戸締まりをしっかりし、明かりを点けないで、家族は一つの部屋にいること、等々説明し帰っていった。

私たちは服を着たまま布団に入った。しばらくして起こされ二階の部屋に移された。外はまだ暗く、まだ眠く、布団にもぐりこんだ。その時、祖父は「来た！」と言って、窓のカーテンを少し開けて外を見ていた。

やがて、ザック‼　ザック‼　という音が地面を揺らすように響き、だんだん大きくなった。

元泊町の北側にある漁師村からロシア軍は上陸したと祖父は言った。小さく開いた窓のカーテンから、皆、目をぐるぐる回して見ていた。祖父は背の高い人だったので、窓の一番上側で、母と祖母は中間で、一番下側は私、と縦に並んで目だけをグルグル回して見ていた。弟と妹は眠っていた。夜が明けるに従ってよく見えるようになってきた。息が詰まるほど驚いた。

ロシア軍は二列に並び、片手に拳銃をしっかり持ち、片方の手には薄い茶色の大きい麻袋のようなものに半分だけ物を入れて、肩に担いでいた。しばらく兵士の行進が続いていたが、その後に民間の家族連れが大勢上陸してきた。兵士と同じ袋を肩に担いでいた。女性は赤ん坊を抱き、幼稚園児のような子供、小学生のような子供を従えて歩いていた。その列も長々と続いた。その日は上陸だけで何事もなく過ぎた。

祖父母と母は、とにかく生活ができるようにと家の外も内も整え始めた。商売に使用した場所はただ広く見えた。ガランとした店内、宴会場、パンを焼いたり焼き菓子を作る大きな窯がある工場、冠婚葬祭用の引出物やお供え物を作る所、宴会用の料理を作る広い厨房、どこを見ても子供心に寂しさがあふれた。そして食糧難という苛酷な課題を背負い、新しい生活が始まった。

祖母はたくさんある土地を耕して畑作りに取り掛かった。田村の家は食べ物の商売をしていたので、蔵にはたくさんの食材が残っていた。山にも海にも食料資源は豊富にあったが、ロシア軍の手に渡ってからは厳しい規制により自由に採ることができなくなっていた。子供たちは生麦を口いっぱいに頬張り、何度もそしゃくし不純物を吐き出し、また同じように何度も繰り返しているうちに口の中に「ガム」ができる、そんな遊びもしていた。

元泊の町は前住民が散り散りとなり三分の一になったと言っていた。町中、空家がたくさんあり、そこにロシアの民間の家族連れが住み始めた。ロシア軍は、上級クラスの軍人は家族連れで高級住宅街に住み込み、その他の兵士は空になった学校、集会場、劇場、日本軍が使用していたたくさんの駐屯地、さまざまな工場跡地等に分散されて住み込んだ。

ロシア兵が上陸した日から日本兵士の逃亡が始まった。それは余りにも無残で過酷なものであった。

元泊町を囲んでいる山上には多くの軍事基地があった。夜の闇が深くなるにつれ、戸を激しく叩く音が毎晩続いた。祖父母と母はたくさんのおにぎりと味噌汁、副菜を用意して兵士の来るのを待っていた。四人か五人くらいで来るとすぐ食事をしていただき、その間におむすびを兵士の鞄に詰め込む。祖父は兵士を一人ずつ抱きしめ、無事を祈り、暗闇に送り出した。

そんな悲しい日々が続いていたある日、突然、まだ夜明け前に雨戸をどんどん叩く音が聞こえてきた。兵士を送り出して眠りについてから少ししか時間が経っていなかった。いつもと違う鈍い音だった。急に家中が騒がしくなり、母に何があったか聞くと、「裏庭に傷ついた兵士が二名倒れている、死にそうだ」と言った。私は布団にもぐり込み、震えながら夜明けを待った。朝食の時に会話から知ったことは、死亡した兵士を夜明けに、ロシア兵に見つかる前に、裏側にある丘の上に埋葬したと言うことであった。

その頃から日本兵士が道端で死亡している話がとびかうようになった。祖父は家の中に隠し部屋を作り始めた。一つは食材用、一つは人間が隠れる部屋、後になって大変役に立つことになった。

ロシア支配下での日常

ロシア兵には交代で休日がある。田村の家は毎日、休日を楽しむロシア兵でいっぱいになった。わずかに生き残った日本の若者たち、子供たちとの交流の場となった。ロシア軍の要望を祖父がこころよく引き受けたことから始まった。

ロシア兵のほとんどは二十代の若い青年だった。軍の任務を解かれると、明るくて優しくて夢いっぱいの若者だった。広い部屋のあちこちで恋人の写真を見せ合い、嬉しそうに話に花を咲かせていた。両親のこと、故郷のことを思い、泣く子もいた。日本の若者はロシア語を習ったり、身振り手振りで話したり、日本語を教えたり、それはとても楽しい時が夜遅くまで続いた。その中に私たち子供も加えてくださり、敗戦後の悲惨な日々の生活の中で、この交流会は心のオアシスとなった。
母と祖母は朝から風呂を沸かしてロシア兵に提供した。夕方まで祖父は風呂の火焚きをしていた。ロシアの若者たちは日本の風呂が大好きだった。母は若者たちの着替えた物の洗濯を引き受けて兵士たちに喜ばれていた。祖母は自慢のお菓子を作って出したり、芋をふかして出したり、漬物を出してもてなした。兵士たちは当時非常に貴重な石鹸や、その他にも軍隊用の食材をたくさん持ってきた。皆でわいわい言いながら、できあがった食事を食べた。

祖父や父は日本製の煙草が手に入らず、ロシアの煙草をロシア兵から買うことになるが、日本人のほとんどは収入が無い。そこで大人たちが考え出したのは物物交換であった。一回目の樺太脱出の時に家の中に残している物の中からロシア兵の気に入るような物を探して持って行くことになった。そして私の出番となった。

当時、私は十歳の後半だったように思う。二本の松葉杖をついて歩いていた。そんな私を自転車に乗せて遊びに連れていく友達がいて、この五人組が物物交換係と祖父から言われた。なぜなら、私たちは日本人の家族連れが少なくなって、友達が少なかった。それでロシア人の子供たちと親しくなり、すぐ友達になった。

学校が閉鎖されて行くところがなくなった私たちは、ロシア人の子供たちと毎日遊びまくっていた。大人たちより早く、片言だがロシア語を話せるようになっていて、それで私たちに白羽の矢が立てられたのだ。おまけにロシア人の子供たちも一緒に付いて行動しているので、祖父は大喜びだった。

ロシア軍の兵舎は五か所、その他の建物も数か所あった。そこを、祖父から渡された物を持って、「食べ物と交換してください」と言ってお願いして歩く。ロシアの子供たちも何かを言ってくれた。また、ある時は厳しく断る兵士もいるが、子供たちの中に松葉杖をついた私をじっと見て、急に黙って食べ物を渡してくれたこともあった。交換のなかみは黒パン、煙草、バター、軍食用の大きな缶詰め、干し肉など、数少ない町内の家庭の方たちと分け合って食べた。

「元泊」町にも少しだけ平和の風が吹きかかった時、「元泊」に駐屯している兵士たちが全員交代になるというニュースが町中に流れた。そして田村の家に来ていた兵士たちと涙の別れをした。

二日後に次の兵士たちが入った。その日、漁師村の岸壁から上陸してきたと村の人が言っていた。私たちは玄関前に立って行進している兵士たちを見ていた。そして驚いた。兵士たちは皆、上半身裸で、背中と胸に大きな入れ墨、両腕、首、両手にも入れ墨が入っていた。祖父は囚人兵だと言っていた。しかもその行進は長々と続き、町の住民は一様に不安に駆られた。

前の兵士たちは腰に銃を備えていたが、囚人兵は作業道具以外は何も持っていなかった。彼らは山林を開拓するために派遣されてきた兵士だと祖父は言った。彼らの手にあるのはいつも大小の斧、鋸、いろいろな形の鎌、その他今まで見たこともない道具であった。

その後、田村の家ではロシア兵との交流会は無くなった。そして、恐ろしいことが始まった。

元の店内は陳列ケースも皆処分していたので広く、町内の方々がいつも来て交わり、情報交換をしながらお茶飲みをしていた。そんなある日の夕方、突然、酒に酔った囚人兵が手に大きな斧を持って、大声を出しながら入ってきた。何やら言っているがわからない。祖父が「酒と金を出せと言っているから皆、逃げたほうがいい！」と叫んだ。

皆はあっと言う間に散ってしまった。残っていたのは私一人だけ。目の前では酔った囚人兵が大きな斧を振り回している。逃げられない。そこでまず、座り直して目を大きく開き、口を膨らませ、相手の目を見て睨みつける。それしかできない必死さが相手に伝わったのか、急に兵士は静かになり、斧を持つ手を力なく下げて帰っていった。

しばらくして皆帰ってきた。皆も私も何もなかったかのように黙って後片付けを始めた。この囚人兵たちは、いつも作業現場に向かう時は拳銃を構えた多くの兵士に誘導されながら移動していた。毎日見ているると囚人兵も可哀想だと思うようになった。

それから数か月して、あまり聞いたことがないメーデーという日が来た。ロシア兵が俺たちの祭りだとも言っていたこともあったが、興味津々だった。その日、酒が振る舞われたようで、午前中から各兵舎から歌声が聞こえてきた。覗き見した人の話では、皆ロシアダンスを楽しんでいたと言っていた。

皆、安心して夕食の支度にかかった。外は夕陽が沈みかかって人々は家路を急いでいた。私は裏庭で黒百合の花をつんでいた。三本目の黒百合を手折ろうとした時、すごい音が聞こえてきた。表の道路に行ってみると、今まで見たことのないことが起こっていた。興奮した囚人兵の大群が怒声を上げて、上官の住む宿舎に向かって走っていた。田村の家は表通りに面していて、右側数百メートル先に囚人兵の兵舎があった。左側には上官の高級住宅街があった。囚人兵は一年に一回しかこないメーデーの日は、自由行動が許されていた。その日の振る舞い酒で酔いが進むに従い、上官への不満が表面化し、鬱憤晴らしが始まった、と祖父が話していた。

やがて銃の音が何度も、しかもだんだんと大きく聞こえてきた。大急ぎで家の中に入り、食事を早く済ませて一番奥の部屋に入った。部屋いっぱいに布団を敷いて、家族皆でざこねすることになった。

外は暗く、街灯だけが道を照らしていた。その下で怒声を上げて、囚人兵たちは上官の住む家のほうへ走り出していた。あまりの怒声で、私たちは布団を頭まで覆ったが眠れず、皆で二階に上がり、雨戸を少し開けて様子見することにした。囚人兵は上半身裸で、手に斧や鎌や鉈などを数本持っていた。また、見たこともない武器を両手に振りかざして走っていた。

一方、上官兵士たちは銃で威嚇射撃をしながら走り出していた。上から見ると、上官兵士のほうが囚人兵よりはるかに少ない人数だが、銃撃されるのを恐れた囚人兵は少しずつ後退しはじめた。そして田村家の前で止まり、戦場となった。その戦いは残酷なもので、私たち子供は下の部屋に移され、布団を被せられた。それでも外からさまざまな音が聞こえてきた。家の壁に何かがぶつかる音、人が泣き叫んでいる声、雨戸に何か大きな物がぶつかる音、それが何度も何度も聞こえてくるので震えがきて、布団を被ったまま耳を押さえ、そのまま眠ってしまった。

翌朝早くに皆で外の片付けにでた。私も一緒にでた。そして気が遠くなりそうになって転んでしまった。道路は見渡す限り血だらけ、道両側にある家の外壁には、手斧、鉈、小刀、異常な形の武器が突き刺さっていた。道路には砕かれた瓶のかけら、ちぎられたベルト、引き裂かれた衣類、つぶれたバケツ、さまざまな形の武器が、血の上に散らばっていた。道路の両側にある家の外壁や雨戸に飛び散っている血を見た時は、身体が震えて歯がガチガチと鳴った。
町内の人たちは総出で清掃作業にかかった。ロシアの家族も総出で働いた。兵士たちは争いに使われた武器の回収に軍靴を血で赤く染めていた。この恐ろしい光景は何十年経っても鮮明に記憶に残って消えない。

この頃から食料不足が際立ち、生活が困難になってきた。主食の米が手に入らないのだ。田村家は食料を扱う商いだったので、蔵には米が残っていた。しかし、半年ぐらいしかもたないと祖父は言った。そこから米だけの白いご飯は食べられなくなり、米と混ぜ物が半々の主食となった。
混ぜ物は、山から採ってきたふき、じゃが芋、南瓜、大豆、糸蒟蒻など。このうちできるだけ米粒に近い大きさに切り込むのは、山菜のふき、じゃが芋、糸蒟蒻、ゴロゴロと大きめに切るのは南瓜。これらを切るのは、母と祖母と私。毎日同じ作業の繰り返しなので嫌になり、時には逃げだして食事抜きにされ、芋ばかり食べて一日過ごしたこともあった。

また、兵士たちは皆囚人兵に変わったので、物々交換にも行かれなくなった。暴れる兵士も多くなり、住民の不安も極限状態に陥り、本土帰国を早くしてほしいと、軍の本部に陳情を始めた。

昭和二十一年に元泊町でも日本人の帰国事業が積極的に行われるようになった。しかし、厳しい制限が伴い、日ごとに強くなった。出国手続きに長い時間をかけ、賄賂を露骨に要求し始めた。母は私を背負って、パスポートを出してくださるように管理事務所に通い始めた。そして、「このような子供がいるので一日でも早く本土に返してください」と懇願した。母は諦めることなく通いとおして、翌年昭和二十二年五月頃にようやくパスポートがおりた。だが父は国鉄の職員なので出国は止められた。

一方、民間人との交流は面白くも、また可笑しく、時には目を白黒させながら順調に進められた。田村家の斜め向かいの消防署で、建物の脇に火の見櫓があり、大きな半鐘が下がっていた。その下は砂場で、火事のない時は子供たちの遊び場になっていた。その消防署の建物にロシア人の家族四人が入った。その隣の空家には六人家族のロシア人、その隣の空家には赤ちゃんの居る三人家族が入った。このように、日本人よりはるかにロシア人のほうが多い町となった。

日露の子供たちは、昔からの友達のように仲良く助け合っていつも集団で遊んでいた。それはお互いの安全のために必要なことであった。日露の子供たちは私を仲間の一人としていつでもいろんな遊びに加えてくれた。

ロシアの子供の両親は全員共稼ぎで、朝早くから夜遅くまで帰ってこない。あまり遅くまで帰ってこない夜は、日本人の子供が一人ずつ彼らの家に泊まるようになった。それは日本人の思いやりから自然に始まった。年齢は十歳以上となっており、その中に私も入っていた。私の受け持ちは、向かいの消防署の建物に入っている家族の家であった。松葉杖をついた私を指名した理由はよくわかっている。母と祖母が、芋餅、南瓜餅、大豆で作った菓子などをたくさん持たせてくれるからである。彼らの夕食になる。

食料不足が続くようになって、とくに私はロシアの子供たちに呼び出される回数が多くなってきた。それは祖母たちが作っている畑の作物が目当てのことであった。私は友達のために喜んで野菜泥棒の手先になった。

彼らは風呂屋から盗んできた籠に私を入れて畑まで運び、あぜ道に籠を置いて、私を見張り役とした。皆大喜びで畑の中に入っていき、しばらくすると収穫した野菜を私が入っている籠の中に入れて、また畑の中に入っていく。これを繰り返しているうちに、祖母が大声で「こらあー」と言いながら箒を振りまわして走ってくる。ロシアの子供たちは畑の中から飛び出してきて、散り散りに逃げていく。大声で怒っていた祖母は、籠の中で小さくなっている私を発見すると急に静かになって、「またお前か、悪い奴だ、今度やったら外出禁止で外に出さない」と言って睨みつけ帰っていった。祖母がいなくなると、友達は大喜びで戻ってきて、私と野菜を籠の中でごっちゃ混ぜにして家に連れていった。ロシアの子供たちを面と向かって叱れない祖母は、ニコニコしながら野菜を渡して友達を帰し、私は風呂の中に丸ごと入れられお尻をビンビン叩かれて、わんわん泣いて、この日は終わり。

雪が降り、短い秋が終わる頃まで、野菜泥棒の手先役は間隔をおいて続いた。彼らは私が一緒にいれば叱られないと思ってか、呼び出されることが多くなった。

公共の建物も荒らされた。数か所にある寺院の内部にある装飾品や部品などは部屋の飾り物に、仏具などその他のものは食器、ボールといった生活用具として使われた。風呂屋の脱衣籠は衣類や畑の収穫物の入れ物になる。桶は、ボール、食品入れ、洗面器などに使用されていた。病院、学校、一部の役所、刑務所等はそのままロシア軍が使用していた。

引き揚げの旅

祖父母と母、子供四名の七名に出国許可がおり、大急ぎで準備に入った。祖父が私を背負い、昭二は祖母が背負うことになった。しかし大きな問題があった。祖父は心臓病を患い、重い物を持たないようにと医者から言われていたのだ。だが、見た目は背が高くがっしりした大男に見える祖父は、十一歳になる私を背負えるのは自分しかいないと覚悟ができていたらしく、黙々と準備をしていた。母は一郎とやす子を両手に繋ぎ、皆の分のわずかな荷物を肩に背負うことになった。

引き揚げの準備はいつも夜中に行われた。祖母と母は、衣類を重ね合わせて糸でとじたその間にお金、写真、書類などを入れた。私のズボンにはかけ布団のかわが二枚分縫い合わされた。食料は乾燥物とおにぎり、水を二日分だけ。母は一歳半の昭二に食べさせる物で困っていた。当時粉ミルクは手に入らず、母乳が出なかったので、いつも「重湯」やお粥を作り食べさせていた。引き揚げ列車の中では作ることができないため、祖父母と母は途方に暮れた。何度も話し合いをしたが、先が見えずに頭を抱えていた。とにかく二日分の粥を作って持つことにした。


出発の命令が来た日は、いつか思い出せないが、七月頃だったと思う。いつもながら急に出発日が決まり家を出た。

駅に着いたら大勢の人たちが集まっていた。そして家族ごとに列車に乗りこんだ。それは馬、牛、豚などを輸送する屋根のない貨物列車であった。床にシートを敷き、家族ごとにぎゅうぎゅう詰めで座らせられた。

その日は天気も良く見晴らしもよかった。引き揚げ船が入港している港まで何日かかるのか、誰も予測できなかった。この列車は何台連なっているのかもわからないほど長いものであった。

やがて列車は動き始めた。そして皆、泣き出した。ようやく出国できる喜びと、家族がバラバラにされて残していく父、夫、息子、兄弟、と帰国後に必ず会える日が来るという確証は何もない。開拓者として樺太に夢を託して渡り、心血を注いで創り上げた町々と我が家を脳裏に焼きつけるかのように見渡し、「さようなら！」「ありがとう！」の声が全車両から沸き上がった。残された家族の見送りは許されなかった。


山の中を進む列車は相変わらずスピードを落としゆっくり走っていた。時々トイレタイムで山中に列車を止め、梯子がかけられ、皆、山中に走り出した。昼食はそれぞれが持ってきたものを食べたが、それが無くなった後については誰もわからなかった。

列車はゆっくり動き出した。夕方になり互いの顔が見え難くなったころ、突然列車が止まった。皆、不安に駆られてどよめいた。その時、薄暗い空に銃声が響き渡った。間もなくロシア兵が各車列に入りこんできた。通訳が叫んだ。

「これから兵士が帽子を持って廻りますからお金を入れてください！　入れなければ列車は動きません！」

皆、不安に駆られ、黙々と幾ばくかのお金を入れた。

かなり長い時間止まっていたように思う。真っ暗闇の中に兵士が振り回すカンテラの灯りがホタルのように飛び交う中を列車は走り出した。皆呆然とし、一様に項垂《うなだ》れ、言葉が聞こえてこなかった。

しばらくして男性の高い声が響いた。

「皆さん、目的地に着くまで忍耐しましょう。これから先は何が起きるかわかりませんが、本土に着くまで頑張りましょう。今日のようなことは何回も起きると思われます。小銭入れに分けておいたほうが良いかと思います」

皆、賛成した。少しは元気になったのか話し声が聞こえてきた。

列車は暗い山道を何事もなかったかのように走っていき、朝日が昇る頃までに二回同じことが起きた。冷たい夜風に吹きざらしにされ一睡もしていない皆はすっかり憔悴しきっていた。

丸一日がかりで小さな駅にとまった。そこで持ち合わせの朝食を済ませた母は、昭二のミルクのことで駅員さんに頭を何度も下げていた、やがて大きな瓶を抱えて小走りに列車に帰ってきた。途中で何度も何度も振り返りながら駅員さんに頭を下げていた。

ようやく列車は動き始めた。皆は日差しを浴びてほっとしたのか、居眠りをし始めた。昨夜と同じようにロシア兵は何度も略奪を繰り返しながら、「元泊」を出発してから三日目の昼近くに「まおか」の駅に降ろされた。そこは大勢の避難民で埋め尽くされ、見渡す限りの人、人、人。しばらくして皆を二列に並び替え、それぞれ決められた収容所に誘導された。

収容所にて

収容先は学校、劇場、大型集会場等々で、私たちは劇場に収容された。一階の床にシートが敷かれてそこに家族ごとに詰め込まれた。三方に二階があり、そこもいっぱいの人で、床が落ちてきたら大変なことになると皆心配していた。

夕食は乾パンとスープが支給された。私たちの世話係はすべて日本兵だったので、少しは気持ちが楽になった。寝る時は、座ったまま互いにもたれ掛かって寝る。疲れてくると場内をしばらく歩き回ってくる。その間に誰かが横になって休める。一日二十四時間の間に交代で睡眠不足を補っていた。

深夜になると、日本兵が両手に丸裸で泣き叫ぶ赤子を高々と掲げ、声を張り上げて叫びながら群衆の渦の中に入ってきた。それも毎夜、五人または七人。

「この子の母親は申し出てください！　あなたの子ですよ！　あなたの腕に抱かれたいと泣いています。出て来てください。お願いします！」

兵士たちは声を嗄らして泣き叫びながら場内を歩き回っていた。そして皆も泣いていた。赤子の泣き声が遠くに消えていく頃、絶叫のような泣き声が場内のあちこちから上がった。

此処に来て十日くらい経った頃の夕食後、ロシア兵と通訳が来て、明日午前中に次の収容所に移動と命令が言い渡された。次の日、早朝から出発となり、二列に並んで集団移動が始まった。

広い原野に急拵えの赤茶けた道路が延々と続いていた。何キロ歩かされたかわからないが、祖父の背に括りつけられた私は気を失いそうになった時、祖父のことが心配になった。心臓病を持っている祖父は死を覚悟していたに相違ない。他の人たちもすでにのろのろ歩行しかできていなかった。誰か一人でも倒れていたら、数百人の人たちが将棋倒しになるだろうと思うほど、皆疲れていた。

本当にギリギリのところで収容所に着いた。それは木造で、巨大な倉庫と思える建物だった。周りは何もない、砂漠のような赤茶けた土地の上に建てられていた。

そこから少し離れたところに無数の穴が掘られていた。人が一人入れる大きさであった。また、建物のすぐ隣に、大きめな縦長の箱のようなものが数個並んで置かれていた。正面にはドアがついていて、透かし造りになっており、外側から箱の中が見えるようになっていた。かなり大きな犬を入れる犬小屋だと皆思っていた。

次に連れて行かれた宿泊施設は驚くほど広く、床にシートが敷き詰められ、家族ごとに区画整理されていた。給食は乾パンとスープだ。大きなバケツに入っているスープを杓子ですくい上げ、カップに入れて渡された。バケツの中では野草の「よごみ」が数本泳いでいた。

その夜、急に場内から腹痛を訴える人、嘔吐する人、下痢で走り出す人が続出し、大騒ぎになった。そのうちに私たちも下痢が始まった。祖父は私を抱えて外に出た。そして此処に来て初めて見た無数の穴にしゃがませ、用をたさせた。周りの穴にもたくさんの人が用をたしていた。人々はもう羞恥心なぞ微塵もなく、行列をなして順番を待っていた。トイレットペーパーなぞあるはずもなく、穴の傍に置かれている古新聞をちぎったような紙を使っていた。

この収容所に何日間いたのか思い出せないが、時間を持て余し、外に出て散歩をしたり体操したり、子供たちと一緒に遊んだりしていた。

皆さんが毎日行く場所は見世物小屋であった。私も母や祖父に背負われて何度か連れて行かれた。そこは、初めに見た収容所の横に建てられていた縦長の箱の前で、箱の中に人がいた。しかも、外から箱の中がよく見えるようになっていた。此処まで来る途中に発狂した女性、奇形児で生まれてそのまま大人になった気の毒な男性、異様な体型、精神障碍等で苦しんでいる人たちがその箱に入れられていた。

私が住んでいた「元泊」の町に一年に一度サーカス団がやって来る。テントの外側に必ず見世物小屋があり、祖父に連れられて一度見に行ったことがある。今見たのと同じであった。私は祖父母にしっかりと守られていることがよくわかった。

その夜、明日の朝になったら引き揚げ船が停まっている港に向かって出発すると発令があった。

翌朝、子供と老人は大型のトラック数台で運ばれた。後から来た母が怒りながら、「いつものように二列になって行進が始まった。遠くに港が見えた頃、広い道路の真ん中に二本の太い棒を立てて、人が一人通れる幅にして、全員通した。棒に引っかかった荷物は全部取り上げられた」と言って身体をブルブル震わせていた。

引き揚げ船にて

しばらくして乗船命令がでた。今まで見たことがない大きな船だった。船上からは長い縄梯子が二本垂れ下がっていて、一人ずつ上り始めた。ゆらゆら揺れる縄梯子にしがみつき、懸命に上って行く姿を見ているうちに、祖父は上れないと思った。

祖父は長い間、心臓病で、治療しながら商売すべてを取り仕切っていた。使用人がたくさんいたので、祖父は労働しないが采配を振るっていた。そして今私を背に括りつけて上れるのか、祖父は背が高くて骨太のがっしりした体格をしていたので、縄梯子が切れるのではないか、と不安に駆られ、気が遠くなりそうだった。

そして祖父の番が来た。祖父は三回大きな息をして、スルスルと上りはじめた。助かった！　と思った。だけど梯子の半分くらいまで上った時、祖父の足が止まった。咄嗟に、ここで落ちるのだと思った。道端で死んでいたたくさんの兵士の死に顔、捨てられた赤ちゃんを抱いて泣いていた兵士の顔、等々が頭の中をさーっと通り過ぎた。下を見ると、船がゆらりと揺れるたびに岸壁に当たり、そのたびに波が地上に噴き出されていた。あそこに落とされる！　と思った。恐ろしさ、悲しさ、は何もない。ただボーッとして下を見ていた。「み子、すまない」と祖父の引きつったような声が聞こえてきた。私は皆から「み子」という愛称で呼ばれていた。そして、私を背に縛りつけていた帯が緩んできた。

下からは大勢の人が怒鳴り散らしていた。「何をしている！　早く上れ‼」。上からも「早くしろ‼」と。私の身体が祖父の尻の辺りまでずり落ちた時、私の尻が突然上に、ぐうっと上がった。下を見たら、昭二を背負った祖母が真っ赤な顔をして、私の尻を押し上げていた。緩んだ帯が一気に締め上げられた。そして祖父は何事も無かったように梯子を上り始めた。

船の上に着いた時は、あまりの広さに驚いたが、私たちが収容される船底はもっと広くて薄暗いところだった。鉄の床の上に歩く所だけ残し、中央の床にシートが敷き詰められていた。その場を囲むように、左右と後方の鉄の壁に大きな三段ベッドのようなものが、船の長さに従って先がよく見づらくなるくらい、長く組み立てられていた。そこに縄梯子をよじ上って乗船してきた者をぎりぎりまで詰め込んだ。

船上の一角に、船底に繋がる出入り口が大きく床を切って作られていた。日中はそこからだけ日の光が入り、あとは暗闇の中に裸電球がぶら下がっていた。二坪くらいの所に七人が割り当てられ、私たちは床の上に座ることになった。その夜の食事はいつもの乾パンとスープだった。

やがて船は出航した。初めは良かったが間もなくゆっくりと揺れだし、しばらくして揺れが激しくなってきた。此処には二千人以上の人が詰め込まれていると聞いていたが、たくさんの人たちが嘔吐しだした。缶詰の空缶を渡されてそれに吐いていた。私は口許から缶を離すことができないほど、嘔吐が止まらず苦しんだ。船が大揺れしている間は食事抜きである。

皆が苦しんでいる最中に、メガホンを片手に走ってきた人が叫んで言った。

「皆さん！　発疹チフスが発生しました！　皆さんの身体中に、シラミという小さい虫が少しは居ると思います。これから急に増えて、激しい痒みに襲われるでしょうが、我慢してください！　ここから一番近い港の岸壁に入り対処します！　頑張ってください!!」

その夜、激しい痒みが皆を襲いはじめた。私は急に身体中が熱くなり、頭から足先まで痒みが急速に襲い出した。両手で身体中をかきむしり、部分的に血が滲むようになると、少しは楽になる。そうなると朝までに少しは眠れる。

翌日、早朝から防護服を着用した集団が現れた。大きいタンクを背負い、手にホースを持っている。そして皆の首のところからホースを差し込み、身体中に白い粉薬を吹きかけた。頭も真っ白になった。

そこには十日ほど碇泊していたと思う。病状も収束したと言って、目標の碇泊する港に向かって出航した。しかし、そこがどこの港か思いだせない。

引揚者生活

青森市の港に着き、すぐ汽車に乗り小湊駅に着いた。そこは小さな町で、待合室におられる方々、駅員さんたちの話す言葉がわからない。本当に日本国に来たのか不安だった。

間もなく田村の本家から迎えに来てくださった方に連れられ、これからお世話になる家に向かった。

大きい農家の家だった。同じ屋根の下に馬も一緒に住んでいた。私たちより一足早く引き揚げてきた四人家族が同居していて、私たち七人家族は馬小屋に隣接している物置の二階に入るように言われた。そこは階段がなく、農作業に使用していた梯子がかけられた。寝具は何もなく、床に材木で七人が眠れるような大きさの長方形の枠を作り、そこに馬小屋から頂いたわらを敷き詰め、古くなった毛布で覆いその上で寝た。とても柔らかく、暖かく、皆、大満足で眠りについた。

朝、梯子で下に降りて土間を渡り、馬小屋の前を通りトイレにつく。中に、たくさんの新聞紙で作った小袋があり、それがトイレットペーパーだった。使用すると飛び上がるほど痛く、大声で叫んだ。その小袋には細長い針金が仕込まれていた。なぜなら林檎にかぶせて使用した後のものだったからだ。この小袋から針金を取ることが私の係になった。
二、三日後にもうひと家族七人が引き揚げてきた。本家の家族は八人。この家に住むのは二十六人と馬が一頭となった。私たち家族は父が帰ってくるまでお世話になると母から聞いていた。

とにかくその日から想像以上の生活が始まった。子供十二名の集団は楽しくもあり恐ろしくもあった。冒険好きな私にとって本当に楽しい毎日でもあった。今まで見たこともない、食べたこともない食べ物、広い居間の真ん中に大きな囲炉裏があり、真ん中あたりに太く長い木が三本くらい差し込まれて燃えていた。そこに天井から自在鉤がつるされて大きい鍋がかけられ、食べ物がくつくつと音を立てていた。囲炉裏からいつも煙がもくもくとでていたので、天井に畳一枚分くらいの穴が開いていた。

雨天の日、雪の降る日は、上から下げられている太いロープを引くと天窓が閉まった。そんな時は焚き木を止めて消し、炭をたくさん投入する。囲炉裏の中で静かに燃える炎の色はとても優しく、疲れている心を休ませてくれた。

初めて見たり、聞いたり、食べたり……、日常生活のすべてが初めての経験で、冒険好きな私にとっては、毎日が楽しかった。それに反して祖父母と母親はいつも涙ぐんでいた。

第三章　障碍者福祉への目覚め

青春時代

私は地元の小学校に二か月ほど通ったが、自力歩行での通学は不可能ということで、祖父は寺の僧侶に私の教育を委ねた。寺までは何とか歩くことができたことによる選択だったと思う。学校で用いる教科書と同じものが使用され、ミシン作業訓練も行われた。冬期間は、雪上歩行ができず両親の元に帰り、教科書と向かい合い、和尚さんから頂いた数か月分の宿題をこなす。二年ほどで小学生の分が終わった。

中学校はどうにもならず、ミシンの訓練と、布から洋服を作り上げる学びに入った。中学校の学びを諦めきれず、両親に内緒で、新聞の広告欄にあったある大学の中学通信講座で、仕事の合間や夜中に学び始めた。母に見つかり何度も叱られ、本を取り上げられたこともあったが、一生懸命仕事をすることで教科書は返された。何とか学び終わったが、スクーリングが受けられず、すべてが終わった。

十八歳になった頃、将来について考えるようになり、両親に夜間学校に行かせてほしいと願い出た。しかし、両親にとっては受け入れがたいことだった。何度も言い寄る願いに母は自分の考えを話してくれた。

「祖父の病状がよくない。医者は一年もてばいいと言っている。祖父を天国に送るまで家にいて家計を助けてほしい。その後、夜間高校でなく、洋裁専門学校に入ったらいいと思っている。この田舎ではどうにもならない。思い切って青森に出て行くしかないが、考えてほしい」

本土に引き揚げて来る途中、多くの幼い子供と障碍児が捨てられていた最中に、老いた身に私を背負い守り通してくれた祖父のために喜んで頑張ることにした。

一年半後の夏、その日は久しぶりに晴天で白い雲がゆっくり流れていた。一晩中悶えていた祖父は、朝日がさす頃になって急に静かになった。そして、青空に浮かぶ白い雲を指さし私に何か言った。よく聞き取れず、口元に耳を寄せ、「何々?」と訊いたが、そのまま息を引き取った。一晩中祖母と二人で身体を摩っていたせいか、悲しみと落胆で、身体がバラバラと音をたてて崩れるような錯覚に陥った。

祖父はサハリン攻略のための日露戦争で果敢に戦った軍人であった。戦後そこで富を築き上げて、老いて戦火を潜り抜け、すべてを捨てて生まれた所に辿り着き、その一生を終えた。

服装学院に入学

次の年の春、母は私を背負い汽車に乗り、青森市にある文化服装学院の門を叩いた。当時の私は長距離の松葉杖歩行は無理だったので、二十歳になる私を母は背負った。汗まみれになって必死に歩く様子に、行き交う人々は驚きの目を注いだ。

案内された院長室で、母は私の入学をお願いした。しかし、院長の答えはノーであった。

「ここは町の名士の娘さんが多く、花嫁修業として大変喜ばれている。障碍者の方を入学させることは、他の生徒さんに大変迷惑をかけることになる。受け入れることはできない」

と、きっぱり断られた。母はまた私を背負い帰途についた。

翌日、母は一人で青森市に出かけた。母は笑顔で言った。

「青森市にはもう一つ服装学院があったので行ってきた。その学院はとても大きく生徒も多い。院長に私たちの状態を話して入学をお願いしたところ、快く受けてくださった」

そして、学院の近くに下宿できる所を探してくださる約束もしてくださったという。

母は大喜びで入学の準備を始めた。しかし私は母と一緒に喜べず、即答できなかった。

サハリンから引き揚げてきた時、サハリンと本土での生活と人間関係の違いがあまりにも大きく、毎日、立ち往生の状態が続いていた。樺太では聞いたことのない、胸を刺す言葉、差別、嘲笑いが日常の生活の中で当たり前のように降り注がれた。日本中どこに行っても逃れることができない境遇なら、すべて受け入れて生きるしかない。その方法は自分で見つけるしかないと覚悟した。樺太での生活はオブラートで幾重にも包まれ、祖父母の厚い保護のもとで守られたものだったと気が付いた。そこからほめ言葉とお世辞、社交辞令等に異常なほど嫌悪感を持つようになり、どんな言葉に対しても本当のことが知りたいと思うようになった。

母は私の心境の変化に気づかない。二、三か月考え抜き、初めに断られた文化服装学院の門をもう一度叩いた。院長は呆れ顔で院長室に入れてくれた。

今度は母でなく自分の口で必死に頼み込んだ。

「私が迷惑をかけた時に自分から辞めます。もし階段から落ちることがあっても助けないでください。重そうなものを持っても手伝わないでください。私の学ぶ机はいらない。教室の片隅で床の上に座ってノートをとります。私の歩く姿が醜くて、気分が悪くなる人が居たら、朝早く来て教室に入っています。帰りは皆さんが帰って暗くなってから出て行きます。そして、力が尽きたら静かに消えます」

私の懇願をジッと聞いて、院長は渋々ながら、

「そこまで覚悟しているなら試しに受けてみますか」

入学が許可された。

母は学院から近い所に部屋を借りてくれた。

二十歳になるまで松葉杖をついて雪上を歩いたことはない。二階なぞ一度も上ったこと

なく、自炊をしたことも一度もなかった。学院の教室は二階にあった。また、借りた部屋も二階の屋根裏部屋であった。これらのことを練習することもなく、一度に全部実行しなければならない。これを克服しなければ将来はない。学院の玄関先までたどり着くことなく、脱落者となる。どんなに考えてもどうにもならず、今日一日だけ生きることにして全力を尽くそうと考え始めた。

昭和三十年四月、通学が始まった。階段の昇降に関しては説明不可能である。言えることは毎日命懸けである。机は二人掛けで隣からいい匂いがした。顔を見たり話したりはしなかった。ひたすらノートと黒板だけを見ていた。
約一か月後から実習に入った。教室内は大騒ぎになった。ミシンを使用できるのは私一人であった。実習の時間はミシンを使う私は大勢の人に囲まれた。小さな実習作品ができ上がる頃、「私のも作ってください」と、ミシンの上に布を置いていく人がいた。その後、実習の日は、私の机の上に教材を置いて、「お願い！　作って」と言って出かけて行く人が多くなり、名前も顔もわからない人々の教材が積み上げられた。

多い時は自分の部屋に持ち帰り、ミシンがけの準備をし、早朝、教室にあるミシンで仕上げ、机の上に積み上げておいた。皆、喜んでくれた。担当の先生はすべて見通していたが黙認していた。

そんな日が数か月続いたある日、職員室に呼ばれ、院長から、実習の時に皆さんに見せる部分縫いの見本を作ってほしいと言われた。その頃、私はたくさんの友達ができ、皆さんと顔を合わせて話ができるようになった。

無事に一年が過ぎ、卒業証書を頂いた。院長から研究科に残るように勧められたが、生活の立て直しのため一年休むことにした。


翌年、再び学院に戻ってきたら、一人の障碍者が学院内の寮に住んでいた。すぐ親しくなり、休日はいつもその人の所に行って話し込んでいた。

いつものように、彼女の部屋で話しながら提出作品を作っていた時、外国人が訪ねてきた。流暢な日本語で彼女と話していた。また、私を紹介してくれたので挨拶をした。市内に住む宣教師で、シャワーズ先生と呼ばれていた。

二、三日した日曜日に、学院の近くにあるキリスト教会へと誘われて、行ってみることにした。その日の朝、シャワーズ先生の自転車に乗せていただき出かけた。初めに心奪われたのは、とても美しい外国の娘さんたちであった。樺太でロシアの人々との楽しかった日々が想い出されて心が和んだ。毎週通う気になった。
彼女たちに会えると心が休まるので、数回通ううちに聖書に興味を覚えた。心に有る多くの疑問に聖書は的確に答え、心の傷は一個ずつ癒されていった。

一年後、洗礼を受けクリスチャンになった。この年は充実した日々の中で一年が過ぎた。

障碍者を訪問

学院は卒業生のために就職の斡旋で苦労されていた。私には関係ないと家に帰る準備を進めていたところ、私の就職先が決まったと知らせてくれた。青森の繁華街の中心にある洋服店の縫製工場であった。

母は工場の近くにある家電販売店の倉庫の片隅を借りたと言った。行くと三畳間ほどの広さで大きな木箱に囲まれており、そこでの自炊は思いのほか困難を窮めた。職場は親切な人々に囲まれて、プロの縫製技術を学ぶことができ、働く喜びに満たされていた。

その頃、町のどこを歩いても障碍者に出会ったことがない。服装学院で一緒に学んだ二人より知らない。しだいに青森市内にいるはずの障碍者のことが気になり始めた。かつての私のように生と死のはざまをさ迷っているだろうか？　なぜか異常に気付き始めた。

昼休みに市の福祉課に出向き、青森市に在住する障碍者の人々は何名くらいおられるか聞いた。昭和三十四年頃は簡単に名簿を見せてくれた。その頃は白いコートのようなものを羽織り、胸に寄付箱を下げ、道端の両側に立ったり座ったりした傷痍軍人が戦争体験をメガホンを使って叫んでおられた。市の福祉課の方は「これからもっと増えるはずです」と話していた。

とりあえず、その名簿から十名の人の名前を書き写して帰ってきた。

その週から、教会の帰りに一軒ずつ訪問した。渋々承諾して本人と会わせてもらったのは、三軒のうち一軒。その家はかなり大きくて奥行きがあり、一番奥の部屋に彼女は一人でひっそりと座っていた。声を掛けると、険しい顔でじろっとにらんだ。私はまず自己紹介した。

「お友達が欲しくてきました。少しでもいいからお話しできません？」

そして自分の日々の出来事、悲しいこと、苦しかったことを短めに話し、小さな質問もした。また、現在の心境も話した。彼女の眼はだんだん優しく変わり、次の訪問を約束して帰った。後に私の友達第一号となった。

その年は五名の方と交流できた。どの方も閉じ籠もりの生活をしていた。

協力者との出会い

しかし、私一人ではどうにもならず、自分の心の整理が必要になり、昔の聖徒たちの生き方を学んでみたいと思い、休日を利用して図書館に出向いた。これまで一度もそのような本を手にしたことがなく懸命に探し回った。

夕方になってから、それらしい本を見つけた。少し高い場所にあったので、腕を伸ばして指先で少しずつ本を引き出していた。その時、背後から手が伸びてきて、その本がさっと引き出された。振り返ると、背の高い若い女性がニコニコして私を見下ろしていた。

「あなたが先でした。どうぞ！　実は私もこの本を目当てに来ました。この本の著者は私の恩師です。もし良かったらロビーで少しお話しできませんか？」

と声を掛けてくださった。二人で自己紹介をし、話ができた。

「自分はクリスチャンになった時から、私と同じ障碍を持っている方々のために、少しでも自立のお手伝いをしたい。また、福音を伝えたいと願っています。しかし、一人ではあまりにも無力すぎます。福祉の世界で尽力された方々の足跡を調べたくて、今日初めて来ました」

と話すと、彼女もご自分のことを話し始めた。

彼女の話によると、お名前は寺島洋子さんと言った。現在、東京の津田塾大学の学生で、大学生の聖書研究会のグループに入っているクリスチャン。あと一年で卒業。その後、帰省し青森で働きたい。障碍者のために少しでもお役に立ちたいと思っている、等々を話してくださった。寺島さんとは冬休みに再会することを約束してお別れした。

思いもよらぬ出会いに神の手による奇跡を感じ、前途に希望が生まれた。神と人に対し、心から感謝と喜びが溢れて涙が止まらず、帰りどの道をどのように歩いたかわからなかった。大勢の人が振り返っていたような気がする。

寺島さんの卒業までは現状維持で頑張ることにした。月に一度だけ楽しい話し合いができていたが、障碍を持っている彼女たちには励ましや慰めの言葉は通用しない。あらゆる教訓には敵意さえ向けることがあった。

なぜそうなるのか、小さい時から愛された記憶が無いからかもしれない。私は、どんなに辛い日でも祖父母から頂いたたくさんの愛の想い出が心のオアシスとなっていた。しかし、彼女たちにはどんな言葉も、ガラスのショーウインドーに飾られている、食べられないご馳走にすぎないのかもしれない。以前の私のように、言葉と言動の違いを理解しようと苦しんでいた頃と似ていることに気付いた。ならば、不言実行で向き合わなければと思った。

そんな中、寺島さんは卒業して青森に帰ってこられた。青森市の隣にある弘前市の高校に就職した。

その後、何度も話し合った。もう少し障碍者の実態を知る必要があるということで、家庭訪問を続けることになった。

自分で引き籠もっているのか、それとも、外に出してもらえないのか。今までは日曜日以外は訪問できなかったが、今度は週に二、三度訪問することにした。夕方、仕事を終え、青森駅の出口で弘前から帰ってくる寺島さんを待った。そして駅前に並んでいるバスに乗り、目的地に着くと、名簿にある住所を探し歩いた。

それは六か月続いた。三十人くらいの方々とお会いできたが、皆さん、家族ともども苦しみ、前途は闇だった。私たちは二人で何ができるのか、何度も話し合いをした。皆さんが生き甲斐のあるものを見つけられたら元気が出るかもしれない、と何日も考え続けたが、答えが出てこなかった。

そんなある日、突然、聖書の中にある一節が頭の中に浮かんだ。

「自分にしてもらいたいことをしてあげなさい」

これしかない。私のこれから生きる道がはっきり見えた。

寺島さんに自分が示された生き方を話した。そして共感していただいた。

授産施設の開設

その頃、青森市には障碍者のための授産施設はなかった。そこで、少人数で試みることにした。

皆が集まる居場所づくりのために、寺島さんは町中探し回り、古い建物だが二軒長屋の一軒を見つけた。昼はミシン作業、夜は寺島さんが英語の塾を開き、家賃を支払うという方針で実行することになった。

通うことは無理ということで、四名の人たちと共同生活をすることになり、アパートを引き払い、職場を辞して共同生活に入った。「小規模自立訓練所・めぐみの家」の出発である。口コミでたくさんの仕事を頂き、切れることはなかった。また、寺島さんの英語塾は評判が良く、多くの子供たちが集まった。

二年ほどしてから、いつも心配しお世話してくださった宣教師のフェーデル先生がおいでになり、アメリカに一時帰国するにあたり、現在一緒に住んでいるご婦人を「めぐみの家」に入れてほしいとのことであった。ご婦人は谷さんという名で、非常に不幸な境遇に置かれた方であった。父が日本人、母はイギリス人で、戦時中はスパイと疑われ、何度も拘束されたりした、と谷さんは話してくれた。戦後解放され、幸せな結婚生活を送っていたある日、夕食までの散歩に出かけた夫と一人息子が自動車事故のとばちりを受け、即死したという。それから流浪の旅に出、北国の町、青森で倒れたと話してくださった。私たちは谷さんに来ていただくことにした。

谷さんは日本人らしいところはなく、外国人のようで美しい方だった。日々仕事に追われるなか、いろいろな面で手伝ってくれた。しかし、谷さんは体調がよくなく、半日は休んでいた。

一年を過ぎようとしていたある日、夕食後、皆でこたつに入り雑談に花を咲かせて大笑いをしていた時、谷さんが急に「私のオッパイ、最近硬くなってきたのよ」と言って皆を驚かせた。皆で触った。それは、お椀を一個胸にふせたような大きな塊であった。病院に急いだ。医師は絶句した。癌は全身に進み、余命一、二か月もつかどうかわからないと言われた。その場で入院となり、私たちは交替で付き添った。

当時、協力してくださっていた寺島さんは結婚されて、英語塾は中止になっていた。皆で必死になって働き、家賃を払っていた。そんな時の入院だった。

入院して二か月を少し切った日、谷さんは天国へと召された。

授産施設の更なる一歩

そうこうしている中、仕事のほうは大変なことになっていた。約二か月半、病院通いで売り上げが半分になって、家賃も滞り、毎夜残業が始まった。食事代も切り詰めた。私的に抱える問題もあったが、手は休められなかった。私には障碍者年金があったが、ミシンやその他、縫製に必要なものを月賦で購入していたので家賃に回す余裕はなかった。

その月、借家を出ることになった。アパートを探して市内を歩き回ったが、障碍者に貸すことはできないと断られた。そんな時、一人の牧師が協力してくださることになった。その牧師は青森市内を駆け巡って見つけ、家主さんを何度もたずねて説得してくれた。かなり古い家だが、家主さんは一人暮らしのお年寄りで、とても優しそうな方だった。そこの二階で二間を借りた。

その頃、両親が青森の鉄道官舎に住んでいたので、私はそこから通うことにした。メンバー五人はアパートで頑張ることになった。仕事はたくさんの注文があり、毎日の残業が始まった。

だが一年半経った時、家主さんから、今年は他に行ってください、と言われた。障碍者が出入りすることを近所の人が迷惑だと言い出したので、……とのことだった。

これ以上追われながら生きていくことはできないと思った。

私は当時所属していた、青森市身体障害福祉会の事務局長をなさっていた佐藤雅夫氏の紹介で、青森社会福祉協議会に初めて出向いた。そこで以前「めぐみの家」を寺島さんと立ち上げた時、ミシンやその他の部品を買う資金を貸してくださった中野総務部長に初めてお会いした。その節のお礼を申し上げ、今までの経路を話し、これから先、生きていくために切迫している問題を話した。
一、小さくても、物置小屋のような粗末なものでも建物が欲しい。
二、父の土地の片隅を借りることができる。
三、資材は古材でも良い。
四、現在一緒にいる人たちが住めれば良い。
五、そんな家を建てるのに必要な資金を借りる方法はないか。
中野部長も同席していた職員も、驚いた顔をして聞いていた。そして一息ついてから、両手で頭を抱えたり、二人で顔を見合わせたりしていた。そして、中野部長が、

「以前からあなたたちの活動は聞いていましたが、こんなに苦労されていたとは知らなかった。今回の事案は初めてのケースなので時間をください。何とかいい方法が見つかるよう相談します」

と言った。

数日後、社協から連絡がありお伺いした。中野部長のお話は想像を遥かに超えた素晴らしいものであった。

社協にはいろいろな奉仕団体が登録されており、必要に応じて奉仕活動を実施して地域に大いに用いられていた。そのうちの「喜友会」（きゆうかい）というグループが協力したいと手を挙げてくれたという。喜友会は建設業に携わっている若者のグループで、朝野球をしている人たちだそうだ。家を建てるために必要なあらゆる部門の職人さんの集まりで、必要な建築資材さえあればすぐにでも引き受けると言ってくださったという。社協は身障者世帯更生資金を適用して資材購入の資金を借りてくれた。そして、喜友会の皆さんと会わせてくださった。リーダーの高瀬愛博氏は正義感と優しさに溢れている好青年だった。メンバーは二十五名で二十代、「社会福祉協議会にある善意銀行に登録し、奉仕させていただいています」と話された。

私たちは、こんな素晴らしい人たちで建てられようとしている「めぐみの家」を誇りに思った。神様は私たちを見捨てなかった。

彼らは仕事の現場に行く前の早朝に、また帰りの途中に寄って外灯の中で夜中まで作業を続けた。さらに、社協からのプレゼントとして浴槽も与えられた。

こうして五月に入ってから始まった工事が、十六日には柱立てをして、五月三十日に十三坪の家が完成した。この出来事は青森市のトップニュースとなり、皆さんが喜んでくださった。私たちは嬉しさのあまり、夜遅くまで、笑ったり、おしゃべりをしたりしながら過ごした。

それからというもの、私たちは互いに将来の夢を語り合いながら仕事に励んだ。今まで、こんなに明るく、生き生きとした彼女たちの姿を見たことはなかった。心の中で喜友会の皆さんと社会福祉協議会の中野部長に、そしてここまで導いてくれた神様に手を合わせていた。

青森コロニーセンター設立まで

岩谷洋子さん（旧姓寺島洋子）が知り合いの方々からたくさんの仕事を取ってきてくださり、私たちはいつも仕事に追われるようになった。

「めぐみの家」の働きが市内外の方々に知られるようになり、入所を申し込まれる人が多くなった。しかし、受け入れるには場所が狭かった。

岩谷さんはその頃、後援会を結成してくださった。「めぐみの家」に入所を希望する人が多いのを見て、「第二めぐみの家」を市内につくることになった。後援会のメンバーが、借り手のない古い一軒家を探してくれて、岩谷さんの発案で家賃と冬期の灯油代を百円募金で賄うことになった。そして、「第二めぐみの家」で指導できそうな人を「第一めぐみの家」のメンバーから選ぶことになった。

多くの人たちの協力を得て「第二めぐみの家」は活動を始めた。

「第二めぐみの家」も、六名が共同生活するのにギリギリのスペースだった。第一も第二もメンバーは皆、食事の仕度は未経験である。それが、当番制で作ることになった。皆で話し合って決めたという。ところができ上がったものは毎回、大騒ぎで笑いが止まらないほどのメニューだった。皆の年金でやっていたので最小限の食事代で賄っていた。

その頃、国立療養所保養園の中にある教会、聖生会の執事であり、牧会者である神子沢神八郎先生ご夫妻に出会った。そして、私たちが生きることを目指して頑張れるように最善を尽くして導いてくださった。社会生活に必要な協調性、また、他人に気遣いをする心の大切さなどをわかりやすく、かみ砕くように、愛を込めて語り続けてくださった。

他に、月に数回、大きな段ボールを送ってくださった。中には食料がびっしり詰まっていた。中身のない味噌汁、卵二個で作る七人分の卵焼き、いつも不思議なものを食べている私たちにとって、唯一の栄養食であった。さらに、保養園内で行われるイベントには、いつも招待してくださり、楽しませてくださった。クリスマスには教会で、心に響く讃美歌に癒され、見たこともないご馳走を食べ、夢のような一日を過ごさせてもらった。このような日々の中、皆はようやく心の奥にあるそれぞれの柵から解放され、仕事にも生活にも向上心が表れはじめた。

その頃、「めぐみの家」への入所希望者が日々多くなってきた。「第三めぐみの家」を作ることができずにいたが、こんなに希望者がいるなら、国の制度を利用させていただき、法人格をもつ施設を早く立ち上げる必要があると思った。大きな組織の元に職業指導、リハビリ、給食などができる施設である。

さっそく社協の中野部長に伺ってみた。中野部長も賛成してくださり、市と県に提出する陳情書の作成に入った。私どもの思いを充分に知り、理解しておられる中野部長は陳情書の作成を手伝ってくださった。そこから、毎週二回、市と県の福祉課に通い始めた。

一年が過ぎようとしていた時、中野部長から社協に来るようにとの連絡があった。伺うと驚きの話がきた。「めぐみの家」からの陳情書が県から届いた頃、もう一つのグループから同じような内容の陳情書が届いていたという。その方々は「結核回復者保護協会」という看板の元に働いている作業所の人たちだった。人数は七人で構成されていて、バックには「全国コロニー協会」という大きな団体が付いていた。県は、この事案を合併させれば法人格取得の可能性が大きい。相手の代表者は合併を望んでいるがあなたはどうか？というような話だった。嬉しい話ではあったが、合併ということで躊躇した。

「めぐみの家」関係者一同にそれを報告したが、賛否両論ですぐには決められなかった。私自身の内にも目標は違うように思えていた。しかし、日の目を見ることなく悲しんでおられる結核回復者保護協会の方々のことを考えると、自分の主義主張に固執している場合ではなかった。自分の理想は後回しにした。

多くの紆余曲折を経て、ようやく念願の社会福祉法人の認可を得た。そして、感謝の祈りを捧げた。

青森コロニーセンター時代

昭和四十三年三月三十日、青森市に初めてできた念願の身体障碍者授産施設「青森コロニーセンター」への引っ越しの日である。小規模作業所「めぐみの家」のメンバー十四名は全員女性で、十八歳から三十歳までの方たちである。比較的軽い障碍の方が多く、美人揃いで、みんな今日の日を待ちながら頑張ってきた勇敢な仲間だ。

私たちは早朝から大騒ぎで引っ越しの準備に入り、たいした荷物もないが、楽しそうにはしゃいでいた。午後から、コロニーに着いてからの夕食と翌朝の食事作りを始め、大量のおにぎりと副食ができた。

施設の開設日は四月一日だった。「工事が少し遅れているが、入居室は完成しているので、めぐみの家のメンバーが先発隊として先に入ってほしい」とコロニー印刷から知らせが来た。少し急いでいた。

夕日が沈む頃、施設に到着した。それぞれの居室に向かう廊下はカンナ屑で覆われていた。足に障碍のない人を先頭にして、足でカンナ屑をどけてもらいながら居室に入った。裸電球が所々にぶら下がっていた。建物は田んぼの真ん中にあったので、周りに民家はなく、離れた所に地主さんの家があるだけで、夜は真っ暗である。私たちは、部屋の仕切りになっている襖を外して、皆で一緒に眠りについた。

二日後にコロニー印刷さんが来た。入所者は三名で、あとは通所の方であった。そのうち身体障碍の方は二名だけで、あとの皆さんは結核回復者と知らされた。男性の方は皆さん中年を越えておられるように見え、長い療養生活を過ごされたように思えた。

この時は定員不足だったが、四、五日で満杯になり、印刷工場と縫製工場が完成していたので、すぐ作業開始となった。印刷も縫製も仕事は受注済みで、納期が迫っていたのでその日から残業が始まった。とくに印刷業は残業徹夜は付き物だが、縫製業も春の学生服作りに入ると残業や徹夜をしなければ納期に間に合わないことがある。今までは無認可の作業所だったので規制はなく自己責任のもとで運営してきたが、今後は大きな課題となるような予感がした。

一方、私自身の問題が浮上した。新設コロニーでの身分は、理事縫製部長、作業指導員、受注生産係、一人ではこなしきれないほどの役を仰せつかった。「めぐみの家」において一人で悪戦苦闘してきたことと同じことをしなければならないことになった。

家を建てる

重度の障碍を持つ身ではバス通勤は無理であった。そこで、「めぐみの家」時代に将来法人格を持つ施設を目指して土地を購入した時、自分の住む場所が必要となると思い、施設予定地の向かい側にりんご園を買っていた。そこに小さな家を建てることにしていたのだが、当時は青森コロニーセンターが建てられるとは夢にも思っていなかったので、こんなに早く自宅のことで皆さんに迷惑をかけるとは思わなかった。しかし現実は急務を要することなので、いつも私を支えてくださっているネットランド宣教師にご相談した。時間をかけて私の話を聞いてくださってから、「神様が一番良い方法を教えてくださるでしょう」と言ってくださった。

それから二日後に、ネットランド先生はアメリカの兵士を七名連れてきた。青森市の隣にある三沢市に駐留している米軍基地の兵士だった。車からさまざまな道具が降ろされ、皆さんニコニコ笑って握手をしてくれた。どういうことなのか戸惑っていたら、先生がゆっくり話してくださった。

「私たちはあなたの家づくりを手伝いに来ました。これからリンゴの木を五本切って整地します。それから土台を作りますよ。家ができたら、あなたが歩きやすいように施設までの道を作りましょう。安心してください。建築費が安くなりますよ。楽しみにしてくださいね。あなたの家を建てるように大阪工務店の社長と話し合いましたよ。喜んで協力くださるそうです。感謝ですね」

そう一気に話し、私の肩をトントン叩いて兵士たちと一緒に作業に入った。あまりに急な出来事なのでお礼の言葉が出ず、涙が溢れて出て、頭を何度も下げていた。

翌日から毎日五名、十名と兵士たちが作業に来てくださり、十日ほどで家の土台作りは終わった。三日後に、大阪工務店の社長が来てくださり、家の内装について話し合いをした。また、見積書を出してくださるようにとお願いしたところ、「支払いについては、有る時払いの催促無しとします。安心してください。健康に注意して、コロニーの皆さんのために頑張ってください」と言ってくださった。

大阪工務店の社長もクリスチャンで、教会の役員をなさっておられた。以前、「この土地を買いたい」と地主の徳差さんにお願いした時、「土地代は有る時払いの催促無し」と言われたことを思い出し、心の中で「ありがとう」を連発していた。

小さな家は一か月ぐらいででき上がった。それまで七年間は七、八名の方と共同生活をしてきたが、ここで急に一人暮らしとなり、物足りない思いで落ち着かない気分がしばらく続いた。

コロニーでの働き

まもなく体調も良くなり仕事も順調に進み、それから二年目に入った時、縫製部に関わる問題が大きく浮き上がってきた。仕事に対する意識の向上を図らなければならないこと、営業の面でももっと効率の良い方法をとらなければならないことなど、とにかくできることからと問題を整理し始めた。

縫製の受注部分での流れを速くしなければならないのである。

街の郊外に建てられたコロニー施設から街の中心部にあたる商店街までは、車で三十分以上の距離である。そこに縫製の仕事を発注してくださるお店があって、たくさんの仕事をくださった。もう一軒はコロニー独自の出店があった。この二軒の店を一日二回回らなければならない。交通手段は印刷部の営業マンの車に乗せていただくよりなかった。彼らは一分を争うほどの忙しい中で、縫製からついでにお願いされるのを本当につらそうにしていたが、連れて行ってくださった。しかし、ついでの依頼は必然的に後回しとなる。店に着いた時はお客様が帰られた後になることが多かった。届け物がある時はご自宅まで行くことになる。

何かいい方法がないか模索していた時、モータースクールのセールスの方がおいでになった。話によると、「この度の法改正により、障碍者でも運転免許の取得が可能になりました。希望者は申し込んでください」と申込み用紙を持ってこられた。私は天の助けとばかり、すぐ手を挙げた。仕事は身動きできないほど詰まっていたが、「縫製部の現状を打破するには、とりあえず仕事の足を確保することだ」と思った。

モータースクールでの学び時間は夜間を選んだ。学校からは送迎車が出たので本当に助けられた。先生方の懇切丁寧なご指導のもとに無事に卒業でき、免許証を頂いた。


ところが、この免許証を取得できたのは真夏で、障碍者用に改造された車が届いたのは真冬の二月だった。青森の冬期間の中で最も寒気の強い時期である。積雪も一番多い月で、積雪で家が倒壊することもある。日中の日差しで道路の雪が少し溶けかかると、朝夕には強い寒気のため、道はさながらスケート場のリンク並みになる。とくに、その上に数センチの積雪がある時は恐ろしいほど危険となる。私は、冬も夏も道路の運転は初めてのことだったので、なおさら恐ろしさが覆いかぶさってきた。

路上運転で初めての雪道を考えると決心がつかず、営業マンに三月末まで乗せてくださいと頼んだが、「車がきたのだから自分で行ってください」と断られた。心配で食事も喉を通らず、必死の思いでハンドルを握った。

一週間は無事に過ぎたが、二月の下旬に事故を起こしてしまった。その日は一夜のうちに五十センチ以上の積雪があり、夜明け前から大型のブルドーザーが何台も出動し、地面を震わせながら除雪作業に入っていた。数時間後、ようやく車が通れるようになったので、いつものように仕事に出かけたが、ノロノロ運転で渋滞していた。

しばらくしてようやく走り出し、ほっとしてアクセルを軽く踏んだ時、対向車線を少しはみ出して特大のブルドーザーが向かってきた。私が運転している車はホンダの360、一番小さな車だ。ブルドーザーの大きなバケツが頭の上に覆いかぶさるように見えたので、ハンドルを急いで左に切った。そして道路から二メートル以上下にある小川に真っ逆さまに落ちた。幸い大雪で小川に雪が積もっていたので、そこに車がすっぽりはまったせいか衝撃は少なかった。しかし、窓にガソリンが流れ落ちてきたので危険を感じ、窓から出ようともがいていた。上のほうから大勢の通行人が大騒ぎしている声が聞こえてきた。まもなくロープと一緒に助け人が下りてきて、私の胴にロープを巻き付け、窓から上に引き上げられた。

次に待機していたクレーンで車が引き上げられた。それを待ってクレーン車の方に車の損傷具合をお聞きしたところ、「かすり傷だけで他には問題はない」と言われた。時計を見ると、お客様と約束していた時間に間に合いそうなので行く決心をした。皆さんにお礼を申し上げ、駆けつけて来てくださったコロニーの事務方に後処理をお願いし、出店に急いだ。

たくさんの注文を頂き、帰ったとたんに、所長を始め皆さんにさんざん叱られた。皆さん、とても心配してくださっているのに、何の報告もしないで仕事に向かったからだ。各工場を回ってお詫びし許された。

私はこの経験を通して成長できた。なぜかよくわからないが、雪道に対する恐れが無くなったのだ。田んぼの畦道に落ちた時、雪のクッションで助けてもらったからかもしれない。


それからとくに事故もなく、多くの人たちに支えられながら二、三年間仕事ができた。この年、利用者さんのニーズに合わせ、編み物部、和裁部もでき、賑やかになった。また、皆さんの腕前をご披露することになり、ファッションショーを開催した。モデルは利用者さんと職員で務め、大成功だった。利用者さんはこの日のことをいつまでも思い出し、話題にして楽しんでいた。

この頃になるとコロニーも落ち着いて、リハビリーセンターと印刷部門だけの福祉工場が建設され、利用者も各部門満杯になっていた。正職員さんも増え、今が退職のチャンスかと思った。

振り返ると、昭和四十二年にコロニーセンター印刷さんとの合併が決まった時、ずっと応援してくださった方々が賛成と反対に分かれた。しかし実情から言えば、背に腹は代えられず合併に応じていたので、コロニーセンターの事業が安定し軌道にのり始めた今が、「めぐみの家」に戻る時だと自分に言い聞かせた。

理事長に辞任を申し出た。理事会での話し合いもあったが、結論は、「軌道にのり始めた時なのであと数年協力してほしい」と止められた。

その日から退職後の働きについて考えるようになった。原点に戻った時、目的のためにどのような準備をすれば良いのか考え始めていた。

日々、仕事に追われながら過ごしていた頃、以前から交流があり、何かとご相談していた広島平和協会植竹利侑牧師から手紙が来た。

「あなたの福祉事業に協力したい青年がおられるので会ってください。一度、広島に来てくださいませんか？」

こうして太吉という青年と出会い、その後、お便りでの話し合いが続いていた。

彼とはやがて結婚することになり、広島平和教会で植竹牧師の司式により結婚式を行った。すると、少ない参列者の中に見知らぬ人がおられて、ひっきりなしにカメラのシャッター音をたてている。植竹牧師に聞くと、中国新聞の記者の方だと紹介してくださった。私は気になり、「もし新聞に載せるなら、私たちの名前は仮名にしてください」とお願いした。植竹牧師は、「青森では中国新聞を見ることはないと思うので大丈夫ですよ」と言われたが、心配は残った。


一方、コロニーは確実に成長し続け、その基盤は盤石なものになっていると感じた。また、地域に住む多くの方々はコロニーによって職を得ることができた。初めは田んぼとリンゴ園だけの農地が、今では、住宅、商店、幼稚園、印刷会社、保育所、飲食店、アパートと、コロニーセンターを中心に小さな町ができていた。

私が去る日もそんなに遠い話ではないような気がしてきた。だが、私が去った後の仕事の内容を変える必要があることに気がついた。今得ている仕事は個人からの注文で成り立っている。したがって一点ずつ内容が異なっている。当然技術も違ってくるので、かなり指導力のある方でも行き詰まるのは目に見えている。そこで、量産業者の下請けなら同じ作業を皆でできると考えた。

さっそく理事会にはかった。説明に時間がかかったが了解を得た。

青森県内に大型の縫製工場を営む業者は多かった。青森市に一番近い業者にお願いして仕事を頂くことができた。初めての仕事は、ある一流メーカーのワンピースであった。初めての流れ作業である。一日に八十着を仕上げなければならない。ミシンも数台増設、指導員も二名増員していただいた。

一か月くらいして、流れ作業は順調に作動していた。あらためて時の理事長、塩田氏に二度目の退職願を出した。そして、許された。

第四章　待望園設立に向けての道のり

退職後の日々

家に帰り、夫に退職できたことを報告した。私たちは次の計画を具体化するため、毎日のように話し合いをしていた。

そんな時、ある週刊誌の記者の方から電話があり、取材に伺いたいとのことであった。かたくお断りしてからすぐ広島の植竹先生にお電話して、あの時の中国新聞を送っていただいた。震えるほど驚いた。私たちの名前が本名で、さらに住所も、また働いているコロニーセンターの住所などもそのまま載っていた。

電話があってから三日くらいして、記者の方がコロニーに来ていると理事長から知らせがきた。理事長に断っていただき、急いで玄関に鍵をかけ、カーテンを引き閉じ籠もった。二日目に記者の方が帰って行ったと理事長から知らせがあった。しばらく落ち着かない日が続いたが、時間が解決してくれた。

退職後、一番先に県の福祉課にご挨拶に行くことにした。十年前、合併問題で皆さんをさんざん悩ませたこともあり、無事に終えたことを報告し、お礼を申し上げたいと思いお伺いした。しかし、当時のトップの方々は皆さん退職し、知っている方は少なく、当時の若い方々が偉くなっていた。懐かしい方々とお会いできて元気が出た。誰かが後ろのほうで言った。「もっと早く現れるかと思っていたが意外に遅かったな～」と言われた。

パイオニア会長との出会い

この日はとても良い天気で、久し振りに布団干しをしようと、押し入れから布団を引き出していた。玄関のほうで誰かの声がしたので「ハーイ」と言いながら出ていくと、二人の男性が大きな荷物を持って立っていた。「どちら様ですか？」と聞くと、「パイオニアの青森支店からお荷物をお届けに来ました」と言った。「何かのお間違いではないのですか？私は何も注文していないのですが」とお断りした。支店の方は困ったと言って東京の本社に電話をしてから、こう言った。

「このステレオは松本会長様からあなたたちへのプレゼントだそうです。三台来ています。一台はあなたたちへ、一台はコロニーセンターへ、一台はシオン・キリスト教会です」

夫は仕事で留守なので、どうしたものかと迷っていた。支店の方は、「とにかく受け取ってください。松本会長に礼状は必ず出してくださいね」と言って、ステレオを部屋の中にセットしてくださりながら、二人で話してくださった。

「松本会長はパイオニアという会社を創立なさった方です。僕たちにとっては雲の上の方で、お目にかかれない方ですよ。あなたたちとはどういうご関係ですか？」

返事のしようがなくて、「私たちもよくわかりません」と答えた。

翌日、シオン教会とコロニーセンターから電話があり、皆さん驚いていた。私どもにはもったいないほどのプレゼントであった。よくわからないまま、心から感謝を込めて松本会長に礼状を書いた。


神様に示された道を歩むために原点に戻ってきた。今、どこから、どのように前進したら良いか、毎日聖書を読みながら答えを探り続ける日々であった。

とにかく土地が必要であった。

青森市の隣に浪岡という町があった。現在コロニーセンターが建っている土地を得ようとした以前に、浪岡町の郊外の小高い丘の上に六百坪ほどの土地を購入していたが、当時まだライフラインが整備されておらず、しかたなく幸畑町の田畑を六百坪くらい譲っていただいていた。しかし、今度は一万平米の土地が必要となっている。いくら考えても私どもは四面楚歌の身であることに間違いない。

この頃、バブル経済の絶頂期であった。土地を買って一儲けしようとする人と、土地はあってもなかなか売れない農村の方々。先祖代々から引き継がれている山林、原野、田畑はあるが、引き継ぐはずの若者は皆、県外に出て行き、老人は生活苦で持っている土地や山を売りに出そうとしても「北の果」、平地も山も買う人がなかった。そんな中、バブル経済は不動産業を刺激して、売り手と買い手が激しく交差した。一万平米もの土地はこんな時こそ安く購入できるのではと思うが、資金はゼロである。昼夜問わず、心の中では神に叫んでいた。

その夜は、ぼたん雪と言われている大きな花びらのような雪が、音もなく降り続けて積もっていた。夫は、このままだと一メートルは超えるかもしれないから、夜中に一度屋根の雪下ろしをしようと言い、夜中の二時頃、ダンプを持って屋根に上った。ドッサ！　ドッサ！　と大量の雪が落ちてきた。真冬でも除雪作業をしていると、夫の身体から蒸気のような湯気が出てくる。下着を絞ると、汗がしたたり落ちる。それほど過酷な作業である。一冬に除雪作業中の事故で四、五人は亡くなるほどである。家中の電気をつけて明るくし、外には大型のライトをつけて、家の中ではまきストーブを最高にたきつけていた。

突然、玄関あたりで大きな音がした。外に出たら夫がダンプと一緒に落ちていた。先に降ろした雪が積もっていたので何とか助かったが、鎖骨と腕の骨を折っていて、救急車で病院に運ばれ入院することになった。


夫は二人部屋で同年代くらいの方と同室となり、約一か月近く入院していた。

いつものように、夫に洗濯物を届けようと仕度していたら、夫から電話があった。「同室の方が農家の方で、林業もやっているそうだが、土地を売りたいがなかなか売れないので誰か紹介してほしいと言っている。詳しい話を聞いてみたらどうか……」と言うことであった。すぐ洗濯物を持って病院に行った。同室の方は川口さんという方で、退院したら手持ちの山林、原野、農地を見せてくださることになった。

それから一週間後に夫は退院できた。二人の体調がもとに戻った頃、現地を見せていただいた。

そこで見た原野は広く、道路の近くで便利が良かった。コロニーセンターから七キロほど行った所にあり、まだ未調整地域で、何の規制もなく使用できるようになっていた。川口さんの話では一時放牧地として使用しており、牛に飲ませる井戸を掘っていたそうだ。水道とバスは通っていないが電話と電気は繋がっていた。この近辺の集落の方は各自井戸を掘って水を使用していた。

その夜、夫と話し合い、川口さんに頼んでみた。

「この原野は私たちが欲しいと思っています。しかし、購入資金の準備がまだできていません。私たちの準備ができた時に、まだ買い手がなく残っていたら、私たちに売ってください」

とお願いした。何のあてもないままに……。川口さんは「いいですよ」と笑いながら言ってくださった。

その夕べから毎日、原野の様子を思い出して祈っていた。目標とする土地が見つかっただけでも少しは気が楽になった。


その日も夫と話し合っていた。具体的に想像できる親戚がいるのか、考えることにした。しかし、外がうっすらと明るくなり始めても考えがまとまらず、そのまま朝食と弁当作りにかかった。

朝日が部屋中に入りかかってきた頃、一休みしてお茶を飲んでいた。その時、ふとステレオをくださった会長さんだったら相談に乗ってくださるかもしれないと思った。しかし、そんな失礼なことはできないと思い返していた。すると、間もなく夫が起きてきて、「今、急に頭に思い浮かんできたが、東京の松本会長さんに相談したら良いかと思うがどうか?」と言った。驚いて、「私も今ふっとそのような考えが浮かんだけど、失礼だと思って……」と言葉を濁した。しかし私たちはその思いがますます強くなってきて、何度も浮かんでは否定していた。

一か月以上の時間が流れても進歩がなく、あの原野が売却されたらどうしようという心配が重なり、他のことが手につかなくなった。また、地主の川口さんが何度も来てくださり、「どうしても資金の目処が今立たなかったら、必要な分だけ土地を借りて、施設を建てたらどうか」と提案してくださった。当時の私たちはさまざまな苦難を乗り越えて、息も絶え絶えになってここまで生かされてきた思いが強く、思うように土地が売れなくて困っている方のご親切な言葉に頼ることができなかった。この方のためにも土地が売れたら良いのにと思った。しかし、もうグズグズしていることはできない。とにかく松本会長さんに相談だけでもしてみようと、祈りながら決心した。

とにかく恥も外聞もかなぐり捨てて、どうなるかわからないが、まず手紙を書くことにした。最初にステレオのお礼を再度申し上げてから、私、田村が二十六歳の時から始めた福祉活動の経緯を申し上げ、今後の計画を書いた。そして、「どうしてもお会いしてご相談したいことがあり、できれば八月十三日、お盆休みを利用してお伺いしたいと思って居ります。どうぞ宜しくお願い申し上げます」と書いてポストに入れた。会長様の予定を伺うこともなく、ひたすら一方的に……。

昭和五十四年八月十三日、早朝に東京目黒駅に降りた。夫は私を背負い、駅の階段を下りた頃、汗まみれになっていた。

目前にパイオニアの本社が見えた。会社は九時から開かれるということで、駅前にあるバス停のベンチで待つことにした。

松本望様とは、どのような方だろう……。パイオニアという会社はどのようなお仕事をなさっているのだろうか？

青森を発つ前に書き送った手紙を見てくださったのだろうか？

焼けるような日差しも、行きかう人々の目も気にならない。少しずつ身体が震え出した。時間になり、気を取り直して会社に向かった。広い正面のロビーに受付コーナーがあり、二人の方がいて、皆さんに丁寧なご挨拶をし、それぞれの待合室にご案内されていた。

間もなく私どもも受付の前に立った。「ご用件は？」と聞かれて事情をお話しすると、何処かへ電話をした。「すぐお迎えが来ますので少しお待ちください」と言った。すぐに立派な紳士が迎えに来て、待合室の中の一室に私たちを案内してくださった。

「私は会長の秘書で泉と言います。さあ、どうぞお座りください。お疲れでしょう」

と言ってお茶を出してくださった。

少し落ち着いた頃、泉さんは笑いながら言った。

「いや〜、あなた方は、とても運がいいですね、会長と会いたい方は前もって連絡し、会長のスケジュールに合わせないとお会いできないのですが、今日は、あなた方とお会いするそうですよ、良かったですね……」

思わず、「有り難うございます！」と大声が出た。汗もドドドと流れた。

泉さんは私たちを会長室へと案内してくださった。エレベーターの中で緊張と不安がピークに達した頃、十一階でピタリと止まり、ドアが開いた。そこには、背の高い細身の紳士がニコニコ笑いながら両手を差し伸べて立っておられた。泉さんが「会長です」と言った。その紳士が、「いらっしゃい！　暑かったでしょう。ご苦労様でしたね〜」と言って握手をしてくださった。

会長室に入る頃には、涙を抑えるのに精一杯だったが、何とか気を取り直し、ステレオを贈ってくださったこと、今日私どものために時間をとってくださったことなどのお礼を申し上げた。会長は私どもの緊張を和らげようと、青森での生活のこと、仕事のことなどを聞かれた。

すっかり落ち着いた頃、話の本題に入った。切実な思いをしっかり伝えられるように、心の中で祈りながら……。青森弁を気にもせず……。

「青森に住む障碍者のために、福音を伝えるために、集まる場所と働く場所を造るために、土地が必要です。しかし今の私どもでは、どんなに考えても資金を調達できません。最後に思いついたのが会長様でした。どうか土地を購入する資金を貸してください……」

一気に話し、息をのんで頭を下げた。会長は耳に手をあてて、じぃーっと聞いてくださった。

「あなたは、誰に聞いてお金を借りに来ましたか……」

静かに言われた。私はお答えした。

「誰からも聞きませんでした。会長様は見も知らぬ私どもに高価なステレオを贈ってくださいました。心が折れそうな時、たくさん慰められました。今回、途方に暮れ、神様に助けを求めた時、突然会長様のことが頭に浮かんできました。きっとお金持ちかもしれない、と思いました。そして、何日も祈り続けて出かけてきました」

会長は「ホウー、無手勝流ですなあ～」と目をつぶってしまわれた。シーンと時が止まったかに思われるほど静かな時が過ぎ、目を開けて話し出した。

「私の父は牧師でした。弟は牧師をしていますが、私はこの道を選びました。確かに成功しましたが、いつどうなるかは神様よりわかりませんね。あなた方にお金を差し上げるわけにはいかないが、考える時間をください。もし予定地があるなら、今度見せてくださいね」

その時、なぜか貸していただけることを確信した。

この日、会長のお話を伺い、驚きの連続だった。私の知らないことばかりであった。

会長は、牧師の家庭に生まれ、クリスチャンであることを知らなかった。また、パイオニアという会社の創立者であることを知らなかった。

そこで、なぜ私どものために心を寄せてプレゼントをくださったかを伺った。

「電車の中で中国新聞を見ていたら、あなたの結婚式のことが書かれていました。お二人とも、重いハンディを背負いながら新しく生きようとしていることを知って、ほんの少しお手伝いしようと思いました」

と話してくださった。あの時、中国新聞の記者に向かって必死になって、「本名は出さないでください……」と願ったが、全部本名で出されたことで落ち込んでしまったことが思い出された。

会長は雲の上の方と言われていて、私どもが簡単にお会いできる方ではなかったことを知らなかった。それなのに突然伺った。今日お会いできたということは……。

松本会長の温かいもてなしを受け、午後二時頃、朝と同じ目黒駅のベンチに座っていた。まだ緊張がとけずに会長室での出来事が頭から離れない。ピカピカの会長室、お茶を出されたテーブルの上に新聞紙をガサガサ言わせながら敷いて、畑から採りたての土付きのじゃが芋をゴロゴロと並べ、「主人が作った芋です。どうぞ食べてください」と言って頭を下げた。なぜか会長は喜んでくださった。

「イヤー……、これはこれは、ハッハハハ……。こりゃあいい芋ですな～」

嬉しかったけど、本当に恥ずかしかった。駅前のベンチに座り、その時のことを思い出し、頭の中で芋がぐるぐる回り出した。

炭焼きの夢

帰りの電車の中で、松本会長にお会いできたことだけで有頂天になっていた。青森を出る時は何かに押し出されるものを感じて、急いで東京へと出向いたが……。

こういうことだったのか、松本会長がクリスチャンだったとは知らなかった。私たちと会ってくださった。話を聞いてくださっただけでも奇跡的なことだった。見通しのきかない真っ暗闇の中で、かすかな明かりを見たような気がした。あらためて感動に震えた。

当時、夫は建築会社を退職し、自営業に転じていた。私の福祉に関するイベントを開催する準備等々忙しく働いてくれた。松本会長から帰り際に、「今度来る時は、希望されている土地の地図を見せてくださいね」と言われた。地主さんは夫を連れて原野、山林等々を案内して歩いた。

そんな時、夫が昔、十四歳くらいの頃に、島根の山奥で日本軍に納めるために炭焼きをしたことを思い出し、良い木を見ているうちに、もう一度炭焼きをしてみたくなったと言った。そこで炭にちょうど良い木がたくさんある山の立ち木だけを一山購入した。

まず昔の経験を生かし、その山の裾野に炭焼きの窯を作り、炭焼きが始まった。その日、窯に入れる分だけ木を切り、それを縦に割り、勢いよく燃える炎は一〇〇〇度。ゆらゆらと絡み合いながら立ち上る炎は言葉に言い表せないほど美しい。

翌日まで一〇〇〇度を保たなければならない。二人とも一睡もしなかった。夫はこの火加減で炭質の良し悪しが決まると言った。

炭小屋の外は月明かりに黒く浮かぶ木々が重なり合い、会話が聞こえてくるような静けさである。今この山中に人間がいるとすれば私たちだけ。パチパチと木の燃えさかる音だけが賑やかに聞こえる。今、この小屋のシートがはがされ、熊でも顔を出したらどうするか？　そんな思いが頭をよぎる。

火焚きが終わって二日後に焼きあがった炭が窯から出された。それはピカピカに光っていた。軽く叩くとキィーンと金属音が聞こえる。夫は良い炭ができたと大喜びであった。私はできたての炭を電気鋸で切り分けて袋に詰め、車に積み、一時間ほどかけて隣にある弘前市の繁華街に行き、焼き鳥屋さん数軒に卸して代金を頂いて帰る。

食事の仕度をして山に籠もる。合間を見て役所に出かけ、養護を兼ねた自立訓練施設の必要性を訴え続けた。しかし役所は、「土地がなければどうにもなりませんね～」で終わる。さらに用地は一万平米必要と言う。

夫は一人で木を切り倒し、九十センチの長さに切る。それをクサビと斧で縦に割る。斧を頭上高く上げ、力一杯に振り下ろすたびに汗が四方に飛び散る。炭を切りながら心の中で叫ぶ。炭が売れたら東京に行くぞ！

会長の返事をもらわなければ……。恥も恐れもなく、ひたすら会長にお会いし現状を話さなければと思った。

パイオニア会長との再会

早朝五時頃、目黒駅に着いた。今回から自家用車で来ることにした。パイオニアのビルは目前にある。会社の近くに止めて休むことにした。その時、守衛さんが声を掛けてきて、休憩室へと案内してくださった。しばらく仮眠をとってから、秘書の泉さんが迎えに来てくださり会長室へと向かった。エレベーターが十一階で止まり、ドアがすーっと開くと、もう会長は立っておられた。「ようこそ！　無事に着いて良かった」と言って握手をしてくださった。二度目の訪問だったが、何年も前からの知り合いの優しい「足ながおじさん」という感じがした。

今日のお土産は夫が焼いたお茶炭。炭焼きを始めたことから今までのことを夢中で会長に話した。その間、会長は耳に手をあて、ときどき笑いながらじっくり聞いておられた。長居をしてご迷惑をかけないように、お茶を頂いておいとますることにした。会長は持って行った土地の地図を何度も見ていたが、私たちがお礼を述べて立ちあがろうとした時、突然言われた。

「田村さん、帰ったら地主さんに内金を払っておきなさいよ、ウン、ウン、そうしたらいいですね……」

全身の力が抜けたような気がして、ストーンと座り直し、会長に深々と頭を下げた。言葉が出てこない。心の中で叫んでいた。

「会長、有り難うございます！　神様、感謝します！」

後になって秘書の泉さんが、

「会長は今まで福祉のために多くの貢献をなさってきました。今回も田村さんの頼みを聞いてくださるような気がします」

と、静かに言ってくださった。

帰りにはラジカセをお土産に頂いた。道に慣れない私たちを草加の東北自動車道の入り口まで誘導してくださった。会長の車はピカピカで、私たちの車は泥が少し付いているホンダのシビック。時折、車の窓から会長の腕がにゅうっと出て合図をしてくださる。走行途中で突然車を止めて、「草加煎餅」を買ってくださったりして、緊張しきっている私たちの心を温かく包んでくださった。

土地購入への道

翌日、すぐ炭山に入り、火焚きを終え、窯が冷えるまで家に帰り、土地の内金を準備するためにあちこち奔走した。一週間ほどかかったが何とか調達できた。地主さんたちは大喜びをしてくださった。また、私たちも希望の光が大きくなり元気づいた。

陳情書も新しく書き直した。私たちは炭が一窯でき上がるたびに、山から自宅に帰り、真っ黒になった全身を洗い流し、陳情書を持って役所や福祉に係る関係機関を巡り歩いた。何度も何度も……。

松本会長へのご報告のため上京した。今回は会社の前に車を止めた。朝六時頃、守衛さんがベッドのある部屋に案内してくださり仮眠をとることができた。

十時頃、会長とお会いできた。いつものようにエレベーターの前に立っておられた。私たちの私生活について、福祉活動の現状についてご報告させていただいた。また、土地購入のための内金を支払ったことも報告した。会長は、「心配していました。良かった……」と頷いていた。

今回のお土産は夫が山から採った「山ブドウ液」である。目の前にある空になった茶碗に入れて、「どうぞ味わってください」と言って差し出した。会長はニコニコ笑いながら、「いやーこれは、これは、珍しいもので……」と言って茶碗に手を掛けた。その時、会長の秘書が駆け寄りお諫めになった。しかし会長は笑いながら手を振り、「大丈夫ですよ……」とお飲みになった。「ほう！　いい味してますね。有難う……」と言ってくださった。夫は嬉しそうに眼鏡をはずして、しきりに顔を拭っていた。

そして会長は突然言った。

「今日は泊まっていきなさい。品川に私がいつも使用しているホテルがあります。そこでゆっくり休んで、翌日は、弟が牧師をしている教会が町田市にありますから案内しましょう」

遠慮していたら、泉さんにも勧められて泊めていただくことにした。

すぐに向かったホテルは二十四階建てで、広いロビーには大勢の外国人がお国言葉で話していた。民族衣装を着ている団体さんもおられた。チベットのお坊さんのようだった。パイオニアの会長は、おいでになる外国からのお客様のために、このホテルをご利用なさっておられると話された。

そんな人混みの中を会長は両手を後ろに組み、私の歩きに合わせてゆっくり歩く。その後に、背が低く曲がった足を引きずり、松葉杖をついた私がノロノロと歩く。その後に、炭焼きで真っ黒に日焼けした夫が、あまり着たことのないスーツを着てすっかりのぼせて、キョロキョロしながら歩く。エレベーターに向かって歩く途中だが、この三人組は、華やかに振舞うこのロビーの中で、妙に目立って滑稽な様を呈していた。

時々立派な紳士、淑女が会長にご挨拶をしていく。それが一人や二人でなく、たくさんの人と出会う。中には「この方たちは……」と聞く人も数人あった。会長はそのたびに「ああ～僕の友達ですよ～」と言う。その方たち、ちょっと笑顔になりかけて、「ハッ～ハー」と言って去っていく。そのたびに私たちは消えてしまいたい気分になる。しかし、前を歩く長身の後ろ姿は、あまりにも堂々としておられるので、これは笑いごとでない、と感じた。両手を後ろに組み、涼しい顔をして私どもに話しかけながら、ゆっくりと歩いてくださっている。その後ろ姿を見て、これから始まるであろう、さまざまな戦いに備えてもっと大切なことを学ぶことができた。

ホテル内のレストランで食事を頂いたあと、二十四階にある部屋に案内してくださった。会長は、「ゆっくり休みなさいよ……。明日午前中に迎えにきます」と言って帰られた。

翌朝、私たちは町田市にある大きな教会へと案内された。会長の弟さんが牧師をなさっていた。

そこで知らされたのは、ご両親がクリスチャンで、お父様は牧師。ご家族全員クリスチャンであったこと……。私は何も知らずに、障碍者が心身ともに自立を目指して訓練ができる施設設立のために協力をお願いしたのだった。中国新聞の記者が私たちのことをすべて実名で報道した頃は、すでに神が敷かれた路線の上を導かれるままに歩き出していたことに気が付いた。松本会長からの贈り物が無かったなら、今は無いのだから。

松本会長を始め教会員の皆様から親切なおもてなしを頂き、感謝しつつ、青森に向かった。会長から学んだことが大き過ぎて、数十年経った今でも私の脳裏に浮かぶ。そして、会長の生き方に倣う者になりたいと思った。

パイオニア会長、青森に

帰省して一週間ばかりした頃、会長からお電話があった。「二、三日中にそちらに行きます。宜しく」と言われた。会長が青森に来てくださる、夢ではないかと驚いた。

それから四日目の早朝、「今、ホテル青森にいるので関係者と一緒に来てください」と会長から電話があった。理事の方と共に急いでホテルに向かった。

会長はロビーにおられ、私たちを迎えてくださった。いつもの泉秘書がおられなかったのでお伺いした。

「イヤーハハハハ……、今回はお忍びで一人で来ました。あなたたちにお会いしておきたくってね。私は北海道の札幌にゴルフ場をもっていまして、そこに行って来ると言って、出かけてきました。彼らは少々ウルサイからな～」

と、笑いながら部屋に案内してくださった。理事たちにいろいろ質問していたが、その場で数千万円の仮契約書を書いて渡してくださった。

「後ほど正式な手続きをしますが、今あなたたちは、会長は本当にお金を出してくれるかと心配しているだろうと思い、急いで出かけてきましたよ……。少しは安心して頑張れると思いましてね……」

会長の深い思いやりに胸がいっぱいになり、一同「有り難うございました……」と頭を下げるだけで何も言えなかった。そして、会長は夕方の飛行機で帰られた。

後日、泉秘書が来られ、正式な手続きについて必要な項目を話してくださり、準備をすることになった。だが、その中にある、数千万円借用の保証人のところで行き詰まってしまった。額が多いだけに、当時の理事全員がたじろいだ。ここで躓いたら全部が水の泡になる……。

保証人は誰……？

本気で障碍者の自立を助けようと思う人たちは、青森のどこにおられるのか。今は遠い広島から一人、夫が神に導かれるままに青森に来て働いてくれている。保証人となると……誰に……。

数日間思い悩むうちに、ふと頭をよぎったのは、役所の福祉課の方々だった。本気で障碍者の自立を助けようと日夜励んでおられるのは、福祉課の職員の方々ではないかと思ったのだ。

いつも相談に乗ってくださるK氏に話してみようと思ったが、重度障碍を持った者をどこまで信用していただけるかが不安になる。またしても目前に大きな壁が立ち塞がった。広大無辺の砂漠の中で、私ども二人だけが立ち竦んでいる感じがした。今まで何度崖っ縁に立ったことだろう。そのたびにギリギリのところで助け人が現れた。神様が起こした奇跡としか考えられないことが何度もあった。今回もきっと何かが起きることを信じようと思った。

市の障碍福祉課の窓口に立った時、意外に冷静だった。いつも話を聞いてくださる主幹のK氏に面会を申し込んだ。

相談室に案内され、話を聞いてくださった。パイオニア様との関係から融資を受けるところまで話すと、K主幹は驚いたような顔をしていた。最後に、

「保証人が必要になりました。しかし、一応理事に、とお願いしていた役員には、皆、保証人を断られました。最後に、ここしかないと思い、お願いにあがりました。お願いします！」

と頭を下げた。K氏は青ざめた顔をして腕を組み、天井をにらみつけ、絶句して動かなくなった。そして、しばらくしてから言った。

「田村さん、少し考えさせてください。電話します」

とにかく、話をじっくり聞いてくださったことだけでも感謝でいっぱいになり帰った。

保証人はもう一人必要であった。考えられるのは、やはり何かとお世話になっている社会福祉協議会のS氏しかいない。断られるかもしれないがお願いした。S氏も無言のまま

じっと目をつぶり、しばらくしてポツンと言った。

「市のK氏と話し合ってみるので時間をください」

二日後、K氏から電話があり、「S氏と二人で保証人を引き受けることにしました」と伝えられた。受話器を握り締めた手がブルブルと小刻みに震え、止まらない。「有り難うございました！」と叫び声を張り上げた。あとは言葉が出ない。涙だけが溢れ、止まらなかった。

やはり奇跡が起きたと思った。お二人はどんなに悩まれて決断したことかと思うと本当に申し訳なかった。これから先、恩に報いるためにも、決意を新たに前進するのみと自分に言い聞かせた。

土地の本契約

さっそくパイオニアの泉秘書に保証人になってくださる方ができたことをお伝えし、無事に手続きが完了した。それから数日して泉さんがおいでになり、地主さんに代金を支払うことになった。

当日、司法書士の事務所に関係者一同が集まった。見知らぬおじさま数人が、地主と一緒に座っていた。長い顎髭をたくわえ、着物姿、手にはきんちゃく袋を下げたおじさん。飛び出したお腹のために、すっかり虐げられた背広を着て、ぺちゃんこの帽子をかぶったおじさん。ここ一年ぐらい風呂に入っていないようなおじさん。そんなおじさんたちに囲まれてうなだれている地主さん。見てはいけないものを見てしまったような気がした。

所定の打合せが終わり、支払いを受けるために、泉さんを先頭に皆で銀行に出かけた。銀行では別室を用意してくださり、そこで数千万円があっという間に支払われた。地主さんは負債者に返済し、残った土地代を手に帰っていった。

昭和五十五年九月二十九日、念願の一万平米の土地が与えられた。この森の中で祈り続けた日々を、白樺の木々たちは覚えていたかのように、その葉をザワザワと風になびかせて一緒に喜んでいるような気がした。

だが、まだ松本会長と重大な約束事があった。

五年を目安に社会福祉法人にすること。

実現不可能な場合には土地を売却し返済すること。

数日後から、陳情書の一部を書きかえて、お役所まいりが始まった。

遠い法人化への道のり

一か月ぶりに市役所の前に立った。前は「土地が無ければ話にならない」と帰されたが今度こそは……。少しはいい話が聞けるかもしれない。いつもは福祉課に着くまで、底知れぬ暗い穴に落ちていくような気持ちで重い足を引きずっていたが、今日は足元が軽い。

「また、お願いにまいりました。宜しくお願いします」

と陳情書を差し出した。

どの道を通って家に着いたかわからない。気が付いたら自宅の玄関で、上がり框に腰を掛けていた。つい先ほど言われてきたお役人の話が頭の中で空回りしていた。

「狸や狐しかいないような山の中、人が住めるとは考えられない。ましてや、障碍者は絶対に無理ですな～」

前には土地のないことが理由だったのに……。見えない壁が高さを増して覆いかぶさってきたような思いだった。しかし、自分にできるのは陳情を続け、理解を頂けるよう努力するほかない。

「為《せ》ん方《かた》つくれども希望《のぞみ》は消《き》えず」と言われた古《いにしえ》の聖徒にならい、今は見えないが得たりと信じて前進あるのみと決心した。この日から長くて厳しい戦いが始まった。

今夜は炭焼き小屋泊まりである。激しく燃え上がる炎ですべての思い煩いを焼き尽くしてこよう。でき上がった炭を小さく切り袋に詰め、焼き鳥屋さんに届けている間に、夫は山の中で木を切り倒し、割って、窯に仕込む作業をしている。釜の火入れをしてから火を止め、火が消えるまでに下山し、顔や手足に染み込んだ炭の粉を念入りに落とし、役所巡りをし、同じ願いを繰り返して帰る。

年に二回ほど、松本会長に活動報告をするために上京するが、いつも良い報告ができず、時間はどんどん過ぎていった。

私どもに与えられた所有地の近辺は戦前からの開拓集落であった。道路を挟んだ向かい側には当時の分校があり、今は幼稚園のレクリエーションに使用されており、子供たちの笑い声などが賑やかに聞こえてくる日があった。今も開拓者の後継者の手によって、広大な農地に長芋、スイカ、メロン、アスパラなどが育てられ、市場に出荷されている。たくさんの牛が飼われ、八甲田牛として市場に出されている。

また、所有地から一キロほどの所に青森市の塵焼却場があり、道路は国道と同じく年中整備されて塵収集車がいつも通っている。とくに冬の雪道は、青森市では一番立派に整備されており、二十四時間体制で対応されている。冬道はとくに良く、一般の生活道路とは比較にならぬほど整っていた。

こんなに素晴らしい環境なのに……。障碍者の私でも車の運転ができる車社会の時代なのに、なぜ障碍者は住めないのか？

松本会長と約束した時間はどんどん短くなってきた。

そんな時、広島の植竹牧師が夫を心配して来てくださった。現地に行き、今までの経緯をお話しした。植竹牧師は大地に平伏し、神に助けを求めて祈ってくださった。

自分たちで少しでも何かしらの行動を起こすべきかと考えた。このままだと土地返還の日を迎えることになる。首を長くして待つ仲間の顔が浮き沈みする。今の私たちにとっての最善とは何……？　神様の前で「得たりと信ずる」とは？　ノアも神の言われることを疑わず、世間の笑いに目もくれず、山の上で黙々と方舟《はこぶね》を組み立てた。同じ神を信ずる者は、同じ信仰によって生かされているはず。今の私にとって最善を尽くすとは、やはり、得たりと信ずること……。ようやく進路がしっかり見えた。

とにかく障碍者がこの素晴らしい環境の中で住めるかどうか、自分の障碍を利用して試みることにした。幸いなことに道路に面して牛を放牧するために切り開いて広げた地面があり、水がコンコンと湧き出している井戸があった。そこは戦前から開拓者たちが切り開いて使用していたと聞かされていた。そして今も水は涸れることなく湧き出ていた。ここに二十人くらいの障碍者たちが働く場所を造るには、もう少し土地の面積を広げなければならなかった。知人の紹介でT土建業者と契約をし、ようやくブルドーザーが入った。嬉しさのあまり毎日現場に通い、夢を膨らませた。

三日後に二百坪の整地は終わった。とにかく第一難関は突破した。次は……。

もう一度、松本会長にアタックすることを考えただけで全身から力が抜けていく。しかし、私たちの背後から「恐れてはならない、わたしはあなたがたと共にいる……」という声が聞こえたような気がした。絡みついてくる不安や恐れを振り払い、すぐ東京へ飛んだ。


会長にお会いした時、何から先に話したら良いのやら、さまざまな出来事の整理ができていなかった。しかしこのままお会いして、会長の前に立った時に口から出る言葉に任せることにした。真実あったこと、自分の願うこと、笑われるかもしれないが、そのまま話すことに決めた。そして、今日までのことをご報告してから自分の願いを申し上げた。

「法人格を得るまで土地代の返済日を延ばしていただきたい。現在の土地に七十坪ほどの作業所を建て、法人化を待っている障碍者と共に作業に入りたい。そのため、建物のために、もう一度資金を貸していただきたい」

突然、会長は笑い出した。それがなかなか止まらない。私はよほど変なことを言っているに違いない。握り締めている手が汗で濡れていた。

やがて笑いが止まり、会長は静かに話し出した。

「田村さんは身体に障碍があることによってバランスがとれてますな～。神様のなさることは理にかなって素晴らしい！　青森に帰ったら建物の見積もりを取って、すぐ送ってくださいよ。土地代の件については、あなたが言うように法人格取得まで待ちましょう。とにかく、これから先は楽しみながら事を進めなければなりませんよ。張り詰めた弦は切れやすいものだからね～」

まるで、これから始まる苦闘の日々を見通しているかのようだった。

私立　身心体障碍者ミニ作業所「待望園」完成

昭和六十年七月十八日、身心体障碍者ミニ作業所「待望園」がオープンした。

開園前に松本会長にご報告とお礼に出向いた。そして「名前を『待望園』と付けさせていただきました」と言ったら、「私の名前を使いおったな〜」と笑っておられた。


まったくのゼロからの出発である。

ミシンは社会福祉協議会より世帯更生資金を借り、中古のミシン三台を購入できた。あとの備品は仕事の収入から購入することにした。

仕事はミシン屋さんの紹介で黒石市にある縫製工場の下請けをした。約半年後に倒産で作業は中止になったが、その後、知人の紹介で東京六本木にあるブティックの仕事を頂くことができた。大忙しになった。

開所と同時に集まったメンバーは十六名になった。市外から来ている人たちは住み込みになり、他の人は私と夫が送迎することにした。また、私たちは自宅を出て、住み込みの人たちと一緒に生活をすることにした。夫は仕事を辞め、奉仕に専念することにした。この話を聞いてボランティアの人たちが作業に手伝いに来てくださるようになり、山にいても孤独感はゼロで、毎日が賑やかで本当に楽しい場所となった。

また、社協の方々がいつも訪ねてきてくださり、寄り添ってくださった。民間の人たちが縫製に必要な物を寄贈してくださった。皆さんの温かい心に励まされて、懸命に仕事に励み学んだ。

その頃、会長は病に伏され入院されていた。病室からたびたびお電話をくださった。「法人はまだかね……」と聞かれるたびに、一息グーと飲んで、「ハイ……まだです」と答える。本当に申し訳なかった。

そのうち、病院から最後と思われる電話がきた。会長だった。

「まだまだ法人はもらえんかね……。間に合わないな～……。しかし、あなたは最後まで望みを捨ててはならんよ。私は今のところ少しは歩けるが、青森にはもう行けんだろうな～。神さんの所に行ったら話しておくからね、ハハハ……」

受話器を握りしめながら涙が止まらなかった。

昭和六十四年七月、会長は天に召された。

悲しみは深く、仕事が手に付かなかった。夫はもっと悲しんだ。世界で自分のことを理解してくださった、たった一人の方だったと言って泣いていた。

秘書の泉さんから知らせがきた。

「会長の奥さんからの伝言です。葬儀には出席してください、とのことです。その心づもりでいてください。また、連絡します」


一週間後、私たちは青山葬儀場に車を走らせていた。

式場の広場に大きなモニターが設置されており、式場の様子が映されていた。私たちは皆さんと一緒に記帳の順番を待っていた。しばらくすると泉秘書が来られ、私たちを式場の中へ連れて行ってくれた。

祭壇にはいつもの会長が微笑んでおられた。儀式中、生前の会長の言葉が思い出された。会長の人生の最終章に私たちも加えてくださった神のご計画に気付き、深く感謝した。

私たちの仕事は、年毎に流行の先端を行こうとデザインの変わり目が早く、高度な技術が必要となる中で、長期の訓練が必要となってくる人が多くなってきた。私一人で指導するには無理が生じてきた。

今の皆は少しでも多くの収入を求めている。法人格取得が可能になれば指導員を雇うことができる。それまでに無理のない仕事に切り替える必要が生じてきた。夫と二人で新しい仕事を探し始めた。

夫は青森産業総合支援センターに相談した。すぐに作業服製造会社をご紹介していただき、仕事をさせていただくことになった。訓練しながらでも失敗が少なく、初心者からでも参加できた。また、ボランティアの人も手伝う範囲が広がり喜んでくれた。


その年の秋、東京から弁護士さんが来られた。

「松本会長が生前、田村さんに用立てていた建設資金を田村美智子さんに贈与する、と遺言されましたので、お知らせと手続きがあって伺いました」

突然の話で呆然と立ち尽くした。贈与されるにはあまりにも高額であった。しばらくしてから、東京からご足労いただいたことにお礼を申し上げた。

弁護士さんは松本会長とは長いお付き合いで、寂しくなられたと言われた。私たちのことは初めから詳しく聞いておられたと……。

「あなた方は、よくぞ松本会長の目に留まりましたね……。あのような方は二人といませんからね。会うたびにあなたたちのことを話されていましたよ。頑張ってくださいね。会長は天から応援していますよ」

私たちに励ましの言葉をかけ、何度も振り返り、手を振って帰られた。

社会福祉法人・身体障碍者授産施設「待望園」完成

その年の冬は特別に寒い冬だった。積雪も多く、人々は除雪に体力を奪われて苦労していた。

待望園は八甲田山の裾野に位置して建てられていた。車道は二十四時間体制でブルドーザーが入り、国道並みに整備されていた。しかし、民家は各自で除雪しなければならない。油断すると屋根の雪はすぐ一メートルを超える。大雪の時は夜中でも雪下ろしをしなければ危険になる。夫は大雪の年は冬には休んだらどうだろうか、と言い始めた。苦労を思えば反対することもできずに少し考える時間を持つことにした。

とくに二月は雪が多い。今日も外は大きい花びらのような雪が音もなく降り注いでいた。今日は早めに通いの人たちを送っていこうと考えながらミシンを踏んでいた。

昼近くに電話が鳴った。県からだった。

「社会福祉法人が認可された」

しばらく声が出なかった。夢ではないか？

大声で夫に知らせ、皆に知らせた。皆はキャーキャー言っていた。あれもこれもできると、喜びが広がっていった。

一夜明けてから、涙が溢れてきた。

「会長、法人を頂きました！」

と空に向かって叫んだ。

これからは希望を持って、自立を目指していろいろな訓練ができる、と話題は広がっていった。

役所のK氏に報告すると、こう言われた。

「大急ぎで法人認可に必要な提出書類の作成をしなければならない。提出日に間に合わなければ認可取り消しになる。今夜から応援者を集め、待望園で作成に入る。場所を作っておくように」

教師もいれば現役の役人もいた。皆さん、心から喜んでくれた。夜中までパソコンと向き合っている人、ペンを走らせる人の姿を見て、手を合わせる思いだった。でき上がった書類を持って現役職員T氏の所に伺い、調べていただいたりした。一か月ほどかけて提出書類は立派にでき上がり、役所に届けられた。


やがて、雪解けを待って工事が始まった。しかし、次なる問題が待ち受けていた。建設資金の中に自己資金も組み込まれていたが、その資金は幸畑町にある自宅を売却して調達することになっていた。買い手は二、三あったが、決まらず工事が始まった。どうしても支払日に間に合わせなければならない。どうしたものかと考えあぐねていたところ、元市の役人だったK氏がご自宅を担保に銀行から借りて支払ってくれた。本当に申し訳なく、有り難く、何度もお礼を申し上げていた。このことも一生忘れてはならないことであった。

数か月後、無事に自宅を売却でき、お返しできた。

「社会福祉法人・身体障碍者授産施設待望園」、定員二十名。陳情時の内容とは少し違ったが、それは将来に託して、心からの感謝と喜びを持って、待望園に関わられた皆様に、心から御礼申し上げます。


数十年前、生と死の狭間をさまよう者が、一人の宣教師によって聖書を手にした。

そして、「生きる」を選択した。

その時にビジョンが与えられ、その達成のために集結してくれた小さなグループは貧しく、弱く、無学で、世間知らずで、あるのは重くのしかかる身体障碍と未熟な縫製技術だけだった。しかし、底知れぬ深い暗闇の中で与えられたビジョンは、神と多くの人に支えられ、紆余曲折を経ながらも、三十一年目にして実現された。

完

著者プロフィール
田村 美智子（たむら みちこ）

昭和10年、樺太生まれ。

文化服装学院卒業後、障碍者福祉に目覚め、小規模自立訓練所「めぐみの家」をスタートさせる。

昭和43年３月、青森市で初となる身体障碍者授産施設「青森コロニーセンター」を設立。

昭和60年７月、身心体障碍者ミニ作業所「待望園」をオープン。

平成元年２月に念願の法人格を取得し、社会福祉法人・身体障碍者授産施設「待望園」を設立。

為《せ》ん方《かた》つくれども希望《のぞみ》は消えず

2023年10月15日　初版第１刷発行

著　者　田村 美智子
発行者　瓜谷 綱延
発行所　株式会社文芸社
〒160-0022　東京都新宿区新宿1－10－1
電話　03-5369-3060（代表）
03-5369-2299（販売）

印刷所　図書印刷株式会社

ISBN978-4-286-24576-8